BASTEI
LÜBBE

Bisher sind im BASTEI-LÜBBE Taschenbuchprogramm aus der Reihe FLAMING BESS erschienen:

23 059 Das Erbe der Erde
23 060 Wo die Echse herrscht
23 061 Gefangene der Schatten-Welten

FLAMING BESS

Rebellin der Galaxis

Thomas Ziegler

Das Grauen an Bord

BASTEI LÜBBE

BASTEI-LÜBBE-TASCHENBUCH
Science Fiction Abenteuer
Band 23 063

Redaktion: Dr. Brunhilde Janßen
Titelillustration: Fred Weidmann
Umschlaggestaltung: Quadro-Grafik, Bensberg
Druck und Verarbeitung:
Elsnerdruck, Berlin
Printed in Western Germany
ISBN 3-404-23063-4

Der Preis dieses Bandes versteht sich einschließlich
der gesetzlichen Mehrwertsteuer.

1

Goldberg duckte sich und glitt lautlos hinter den hydraulischen Ladekran, der wie das Stahlskelett einer vorzeitlichen Riesenechse die Container und Leichtmetallkisten überragte, die in ordentlichen Reihen in der großen Lagerhalle des 3. Unterdecks der NOVA STAR gestapelt waren.

Er horchte.

Es war unnatürlich still im Schiff, so still wie draußen im interstellaren Raum, wo sich die kosmischen Gaswolken zu gewaltigen Nebelbänken ballten, doch plötzlich durchbrachen schwere Schritte die Stille.

Die Schritte näherten sich aus der Richtung des Frachtenaufzugs am anderen Ende der Halle, und während Goldberg lauschte, schienen sie zielbewußt auf den Kran zuzustreben.

Samwell A. Goldberg unterdrückte einen Fluch. Er hatte nicht erwartet, hier im 3. UD auf andere Menschen zu stoßen – nicht um diese Zeit, nicht in dieser Situation: in der Bordnacht, während oben in den Flüchtlingsdecks Clusters Raumsoldaten patrouillierten …

Er spähte durch das Gitterwerk des Krangerüsts zu den Laufgängen zwischen den Kistenstapeln hinüber. Niemand war zu sehen, doch die Schritte kamen näher und näher, aus dem Zwielicht und den Schatten, die im trüben Rot der Notbeleuchtung wie schwarze Flecke waren, wie Türen in eine andere Welt.

Schatten, die wie Türen sind, dachte der drahtige, rothaarige Mann. Schaudernd erinnerte er sich an die herculeanische Station auf der Ödwelt im System der roten Riesensonne, von der sich die NOVA STAR mit halber Lichtgeschwindigkeit entfernte, an die Geheimbasis mit dem Schattentor, durch das die Herculeaner Flaming Bess und den Clansmann Ka entführt hatten. Der Kommandantin und dem Clansmann war die Flucht aus der Schattenwelt geglückt, doch jetzt waren sie – wie die gesamte Crew der NOVA STAR – Gefangene von Admiral Cluster.

Die Schritte waren nun ganz nah.

Goldberg rührte sich nicht. Mit trockenem Mund und nervös pochendem Herzen beobachtete er die Gänge. Vielleicht patrouillierten Clusters Soldaten auch hier unten in den Maschinendecks. Wenn sie ihn fanden, konnte er in eine unangenehme Lage geraten – jeder, der ohne Sondererlaubnis in den unteren Decks des Schiffes angetroffen wurde, galt als potentieller Saboteur.

Goldberg schnitt eine Grimasse.

Unter den gegebenen Umständen würde es schwerfallen, den Soldaten zu erklären, daß er nur ein harmloser Schwarzmarkthändler auf der Suche nach neuer Handelsware war.

Ihm kam ein anderer Gedanke. An Bord hielten sich hartnäckig Gerüchte, daß die fanatischsten Anhänger des zerschlagenen Kultes der Letzten Tage untergetaucht waren und sich in einem der Maschinendecks versteckt hielten. Er konnte sich nur zu gut vorstellen, was diese verrückten Kultisten mit einem unerwünschten Zeugen wie ihn anstellen würden, wenn er in ihre Hände geriet.

Eine Gestalt trat aus den Schatten.

Unwillkürlich hielt Goldberg den Atem an. Dann, als er die purpurrote Uniform der Flotte erkannte, entspannte er sich. Ein Raumsoldat; kein Kultist.

Der Soldat war noch jung, sein blasses, bartloses Gesicht war kaum mehr als ein helles Oval in den Schatten. Langsam, ein schweres Strahlgewehr schußbereit in den Händen, verließ er den Laufgang zwischen den Containerstapeln. Unvermittelt blieb er stehen, den Blick direkt auf den Ladekran gerichtet, hinter dem sich Goldberg verbarg, und einen schrecklichen Moment lang glaubte der Händler, daß er entdeckt worden war.

Doch der Soldat wandte sich ab und musterte mit zusammengekniffenen Augen die elektromagnetische Containerstraße, die am Kran vorbei in den dunklen Hintergrund der Halle führte und im schwarzen Maul einer Tunnelöffnung verschwand, ein breites Silberband auf mannshohen Stahlpfeilern.

Dann drehte sich der Soldat halb zur Seite. »Hier ist niemand«, rief er in den Laufgang. »Das Deck ist leer. Wir verschwenden nur unsere Zeit.«

Ein paar Sekunden später tauchte ein zweiter Soldat auf, ein großer, kräftiger Mann mit blondem Haar und einer stilisierten Sonne an der linken Brustseite seiner Uniform.

Goldberg stieß zischend die Luft aus.

An Bord gab es nur einen einzigen Mann, der den Sonnenorden trug, die höchste Auszeichnung der ehemaligen Raumflotte des Sternenbundes: Calvin Kospodin, der das entscheidende Attentat des Kultes auf Flaming Bess vereitelt hatte.

»Verdammt«, hörte er Kospodins Stimme. »Vielleicht verstecken sich die Kultisten in der Hecksektion, oder der Tip war falsch ...«

Etwas wie Bitterkeit stieg in Goldberg auf.

Insgeheim hatte er gehofft, daß sich zumindest Männer wie Calvin Kospodin von Clusters Putsch gegen die rechtmäßige Kommandantin der NOVA

STAR distanzieren würden, aber offenbar war die Flottendisziplin stärker als der gesunde Menschenverstand.

Dieser Idiot! dachte Goldberg. Sieht er denn nicht, daß Cluster die NOVA STAR ins Verderben führen wird? Wir werden alle sterben oder in einem von Kroms Menschenlagern enden, wenn wir zu den Welten des Sternenbundes zurückkehren, um den längst verlorenen Krieg gegen die Herculeaner fortzusetzen ... Und die einzige Person an Bord, die in der Lage ist, diesem Wahnsinn ein Ende zu machen, Flaming Bess, sitzt in einer Zelle des Sicherheitsdienstes und wartet auf ihren Prozeß vor dem Kriegsgericht. Ausgerechnet Flaming Bess zu beschuldigen, sie sei eine herculeanische Agentin – gibt es einen besseren Beweis dafür, daß Admiral Cluster den Verstand verloren hat?

Kospodin und der andere Raumsoldat entfernten sich von den Containerstapeln und verschwanden schließlich in dem hell erleuchteten Torbogen eines heckwärts führenden Korridors. Goldberg wartete noch eine Weile, bis er sicher war, daß die Soldaten nicht mehr zurückkehren würden, dann sprang er auf und rannte geduckt in die entgegengesetzte Richtung, ein kleiner, drahtiger Mann mit einem spitzen, listig wirkenden Gesicht, wasserhellen Augen und den feuerroten Haaren der Flüchtlinge aus dem Eiry-System.

Keuchend erreichte er die mächtige Schachtröhre des Frachtenaufzugs, wandte sich nach links und schlüpfte in einen schräg nach unten hin abfallenden Wartungsstollen, der die elektromagnetische Containerstraße untertunnelte und in einem großen Bogen die peripheren Lagerräume des 3. UD miteinander verband.

Nach zwanzig Metern erreichte er einen Verteilerknoten, eine kavernenförmige Ausbuchtung mit Kontrollmonitoren und Displays an den Wänden, über die sich ein Abschnitt der Containerstraße überwachen ließ. Goldberg ignorierte die Schaltwände und bog in einen luvwärts führenden Seitenstollen. Bald schlug ihm gedämpftes Rauschen entgegen, das fast mit jedem Schritt lauter wurde – demnach befand er sich in unmittelbarer Nähe des zentralen Klimaschachts, der hinauf zur Luftversorgungszentrale im 1. Unterdeck führte.

Gut. Bis jetzt lief alles nach Plan.

Wenn die Unterlagen stimmten, die ihm Jasper »Chip« Chipansky, der Chefkybernetiker der NOVA STAR, zugespielt hatte, dann war die Luvsektion hinter dem Klimaschacht noch nicht von Vordermann Frusts Registratoren durchsucht worden. Alles sprach dafür, daß in den Luvlagern unentdeckte Schätze an Ersatzteilen und Ausrüstungsgegenständen nur darauf warteten, von einem Mann wie Samwell A. Goldberg gehoben zu werden.

Goldberg grinste, während er gebückt durch den niedrigen Wartungsstollen eilte.

Es war ein geschickter Schachzug gewesen, Chip Chipansky die kompakten Gigabyte-Speicher kostenlos zu überlassen, die dringend für die Kapazitätsausweitung des KI-Computersystems benötigt wurden. Der Chefkybernetiker hätte ihm nicht dankbarer sein können, wenn er ihm das Leben gerettet hätte …

Vor Goldberg knickte der Stollen ab und verengte sich hinter der Biegung zu einem engen Schlauch, durch den sich selbst der kleingewachsene Schwarzmarkthändler nur kriechend fortbewegen konnte. Wahrscheinlich hatten in diesem Abschnitt Maschinen vom Typ der *Robotronic*-Werkzeugcontainer die notwendigen Wartungsarbeiten ausgeführt. Nach der fingerdicken Staubdecke auf dem Boden zu urteilen, die im Zwielicht der Notbeleuchtung wie Schimmel aussah, hatte seit Jahrtausenden niemand mehr diesen Teil des Schiffes betreten.

Der Gedanke flößte ihm ein unerklärliches Unbehagen ein, und er war froh, als er die Ausstiegsluke am Ende des Stollens erreichte. Prüfend rüttelte er an der Verriegelung; sie gab nicht nach. Mit einem resignierten Seufzer griff er in die Seitentasche seines Overalls, zog einen kleinen Laserbrenner heraus und stellte ihn auf geringste Leistung ein.

Der Lichtbogen des Brenners flammte auf.

In der gleißenden Helligkeit wirkte die Luke wie vom Rostfraß befallen. Die Scharniere waren korrodiert, und als Goldberg vorsichtig mit der Hand darüber strich, rieselten Metallflocken zu Boden. Selbst an einem für die Ewigkeit gebauten Schiff wie die NOVA STAR waren die Jahrtausende, die es im Grund des Planeten Terminus verbracht hatte, nicht spurlos vorbeigegangen. In jedem Deck gab es Sektionen wie diese: staubig, heimgesucht vom Rost, vom Verfall.

Er preßte das Ohr an die Luke und lauschte, doch alles war still.

Und vielleicht, dachte er, vielleicht währt diese Stille schon, seit die NOVA STAR die Erde verlassen hat. Vielleicht warten in den Lagerräumen jenseits der Luke vakuumverpackte Kisten und Container, so alt wie das Raumschiff, bis zum Rand mit Schätzen von der legendären Urheimat aller Menschen gefüllt …

Die Vorstellung erregte ihn, und seine Hände zitterten leicht, als er den Laserbrenner hochschaltete und an den Scharnieren ansetzte. Der Lichtbogen zerschnitt mühelos das rostige Metall, und dann genügte ein kurzer Stoß mit dem Ellbogen, um die Luke aus den Angeln zu heben. Scheppernd, in einer kleinen Wolke aus Rost und Staub, fiel sie in den angrenzenden Raum.

Der Lärm ließ Goldberg zusammenfahren. Er dachte an die beiden Raumsoldaten und an die Kultisten, nach denen sie suchten. Verdammt, in der Stille mußte das Scheppern wie eine Explosion gewirkt haben!

Wieder lauschte er, aber nichts rührte sich. Keine Schritte, keine menschlichen Stimmen, nur die drükkende Stille.

Goldberg verstaute den Brenner in der Seitentasche seines Overalls und zwängte sich durch die Lukenöffnung. Er sah sich um und machte ein enttäuschtes Gesicht. Ein kleiner Raum, leer bis auf das Stahlskelett eines Servosessels, an dem noch Reste der verrotteten Polsterung hingen. Die Wände von blinden Monitoren und erloschenen Displays bedeckt. Trübes Notlicht. Die Luft trocken, abgestanden.

Offenbar ein Kontrollraum.

An der gegenüberliegenden Wand das dunkle Rechteck einer offenen Tür.

Ohne zu zögern steuerte Goldberg auf die Tür zu. Bei jedem Schritt wirbelte er den Jahrtausendstaub auf, und der Staub kratzte in seiner Kehle.

Er hustete gepreßt.

Das Gefühl des Unbehagens, das ihn bereits im klaustrophisch engen Wartungsstollen geplagt hatte, wuchs mit jeder Sekunde.

Es ist die Stille, dachte Goldberg nervös. Diese alte Stille. Man kommt sich wie ein Eindringling vor, und jeder Laut ist wie eine Entweihung.

Der Händler kniff verärgert die Lippen zusammen. Unsinn! wies er sich zurecht. Die Soldaten haben dich verunsichert. Es hat nichts mit der Stille zu tun. Wenn man dich hier unten erwischt, bist du geliefert, Sam. Cluster wird dich ohne viel Federlesens vor ein Kriegsgericht stellen; zuerst vor ein Kriegsgericht und dann an die Wand. Wenn er Flaming Bess für eine herculeanische Agentin hält, dann dich allemal.

Er kicherte.

Es war absurd.

Niemand würde ihn hier unten finden. Clusters Raumsoldaten hatten genug damit zu tun, die Flüchtlinge in den Oberdecks unter Kontrolle zu halten. Wahrscheinlich hatten Calvin Kospodin und sein Begleiter das 3. UD inzwischen wieder verlassen, und die Kultisten ... Gerüchte. Das Raumschiff war eine einzige Gerüchteküche. Er hatte nichts zu befürchten. Außerdem hatte er schon ganz andere Situationen gemeistert.

Aber dennoch zog er den Nadler aus der Tasche, bevor er über die Türschwelle trat.

Ein Korridor.

Staubig, von einer einsamen Notleuchte trüb erhellt, nach wenigen Metern von Schatten verdüstert, Wände, Boden und Decke von Rostflecken überzogen.

Weiter vorn, in den Schatten, etwas Weißes.

Goldberg kniff die Augen zusammen. Täuschte er sich, oder waren das tatsächlich die Umrisse einer menschlichen Gestalt? Er machte zwei, drei Schritte und blieb dann abrupt stehen.

Tatsächlich! Ein Mensch, im Halbdunkel nur verschwommen erkennbar, auf dem Boden kauernd. Ein Kultist? Oder jemand aus den Oberdecks, der vor Clusters putschenden Soldaten geflohen war?

»Sie da!« sagte Goldberg heiser. »Was machen Sie da?«

Keine Antwort. Goldberg schluckte, brachte eine Taschenlampe zum Vorschein und ging langsam weiter. »Sie da!«

Schweigen. Er schaltete die Lampe ein – und stieß einen entsetzten Schrei aus.

Ein Totenschädel grinste ihn höhnisch an. Im Lampenlicht glänzten weiße Knochen. Ein menschliches Skelett in den verrotteten Überresten einer Raumfahrermontur! Neben dem Skelett lag ein rostiges, fremdartig geformtes Strahlgewehr, und zwischen den nackten Rippen blitzte etwas Metallisches, eine runde Plakette aus dem gleichen schimmernden Stahl, aus dem auch die Schiffszelle bestand.

Goldberg bückte sich und griff nach der Plakette. Ungläubig starrte er auf die eingravierten Schriftzeichen: U.N.S. NOVA STAR.

Er hatte die Überreste eines alten Erdkolonisten entdeckt! Der Tote war einer von jenen hunderttausend Kälteschläfern gewesen, die mit Flaming Bess die Erde verlassen hatten und lange vor der Landung auf Terminus spurlos verschwunden waren. Aber woran war er gestorben? Das Strahlgewehr ... Hatte es einen Kampf gegeben?

Erst jetzt bemerkte er die faustgroße geschwärzte Stelle am Beckenknochen. Die Spuren eines Energiestrahls? Er berührte das Skelett – und mit einem Wispern, fast ein Seufzen, zerfielen die Knochen vor Goldbergs entsetzten Augen zu Staub.

Schaudernd sprang er auf.

Sein Atem ging schnell, sein Herz klopfte so laut, daß er befürchtete, man würde es sogar in den Oberdecks hören, und er benötigte lange Sekunden, um sich von dem Schock zu erholen.

Eine steile Falte erschien auf seiner Stirn. Er sah den Gang hinunter, in die Schatten, und erwartete halb, weitere Skelette zu entdecken, doch der Korridor endete nicht weit von seinem Standort entfernt an einem massiven Schott.

Goldberg murmelte einen Fluch.

Wenn der Öffnungsmechanismus des Schotts nicht mehr funktionierte, würde er umkehren müssen. Mit dem kleinen Laserbrenner konnte er sich nie und nimmer einen Weg durch den gehärteten Stahl bahnen ...

Seufzend ging er auf das Schott zu.

Als er es fast erreicht hatte, hörte er ein Summen. Das Summen wurde lauter, verwandelte sich in ein Knirschen – und das Schott glitt ruckartig, fast unwillig, zur Seite.

Licht fiel in den staubigen Korridor.

Goldberg keuchte.

Vor ihm lag eine hell erleuchtete Kammer. Konische Behälter stapelten sich an einer Wand, und weiter rechts, halb von einer wuchtigen Schaltkonsole verborgen ...

Bei allen Sternen! dachte Goldberg wieder. Ein Kälteschrein!

Ein Schrein wie jener im Tempel der Alten Kommandantin auf Terminus, in dem Flaming Bess die Äonen durchschlafen hatte, ein Block aus purem Eis, in blitzendes Metall gerahmt, und begraben im Eis, von einer Kälte konserviert, die der Kälte des Weltraums gleichkam, ein Mensch. Ein Mensch der alten Erde, ein bleicher, hohlwangiger Mann in einer abgetragenen Raumfahrermontur, stoppelbärtig, das Haar pechschwarz und streichholzkurz, die Augen geschlossen, das Gesicht wie im Schmerz verzerrt, Schmerz, im Eis erstarrt.

Es war kühl in der Kammer, aber Goldberg schwitzte.

Er betrachtete den Kälteschläfer, der, gefangen im Eis, ein Gespenst aus der Vergangenheit, weder tot noch lebendig, eingesperrt im Tiefsttemperatur-Stasisfeld darauf wartete, daß ihn jemand ins Leben zurückholte.

Goldbergs Blicke glitten weiter, zu den konischen Behältern, den Vakuumcontainern, und ein fiebriges Glitzern trat in seine Augen.

Er hatte gehofft, eine Schatzkammer zu entdecken, ein Lager, mit Gütern gefüllt, die noch von der alten Erde stammten, doch er hatte mehr gefunden: einen Kälteschläfer, der wie Flaming Bess auf der legendären Urheimat aller Menschen geboren worden war, einen jener kühnen Pioniere, die sich hinaus in die feindselige, ungeheure Leere zwischen den Sternen gewagt hatten, um im Nichts des interstellaren Raums spurlos zu verschwinden.

Er ist die Antwort, dachte Goldberg benommen. Die Antwort auf die Frage, was aus den hunderttausend Erdkolonisten geworden ist.

Der Händler näherte sich dem Schrein und berührte mit der Hand das Eis.

Es war nicht kalt; die Kälte des Stasisfelds wirkte nur nach innen, auf das Fleisch des Schläfers.

Ob er noch lebt? fragte sich Goldberg. Ob er wie Flaming Bess unversehrt die Zeitalter überdauert hat? Aber warum hat er sich hier unten, im tiefsten Deck der NOVA STAR, zum langen Schlaf gebettet? Und der Schmerz in seinem Gesicht …

Nein, korrigierte sich Goldberg, es ist kein Schmerz. Es ist … Angst und Verzweiflung, kreatürliches Grauen.

Unwillkürlich trat er einen Schritt zurück.

Er dachte an das Skelett draußen im Gang, an das verrostete Strahlgewehr und an den schwarzgebrannten Beckenknochen …

Instinktiv ahnte er, daß damals etwas Schreckliches geschehen sein mußte.

Goldberg schüttelte zornig den Kopf.

Verdammt, er machte sich zuviel Gedanken. Ganz gleich, welche Katastrophe die NOVA STAR heimgesucht hatte – es war vorbei. Die Vergangenheit war tot; er mußte an die Zukunft denken. Flaming Bess mußte unverzüglich über seine Entdeckung informiert werden …

Doch Bess war Clusters Gefangene, und wenn er dem Admiral berichtete, daß er im 3. UD auf einen schlafenden Erdkolonisten gestoßen war, würde man ihm eine Menge unangenehmer Fragen stellen.

Der Händler überlegte fieberhaft.

Das beste war, wenn er die Vakuumcontainer fortschaffte und an einem sicheren Ort versteckte. Der Schläfer konnte warten. Große Sterne, er wartete bereits seit zwanzig oder dreißig Jahrtausenden! Was bedeuteten dann schon ein paar Tage!

Nach einem letzten Blick in das bleiche, verzerrte Gesicht des Kälteschläfers wandte sich Goldberg ab und musterte die konischen Behälter. Sie waren etwa einen Meter lang und halb so dick. Hoffentlich konnte er sie allein transportieren. Wenn nicht …

Ein Knistern.

Hinter seinem Rücken.

Ein Knistern und Knirschen wie von mahlendem Eis, ein Klirren wie von zerspringendem Glas, ein frostiger Hauch wie von einem Winterwind.

Goldberg wirbelte herum.

Er starrte direkt in die offenen Augen des Kälteschläfers, und es waren keine menschlichen Augen.

Er wollte schreien, aber kein Laut drang über seine Lippen. Er wollte sich umdrehen und davonlaufen, doch er konnte keinen Muskel bewegen. Er war wie gelähmt. Er sah die Augen, tiefe Höhlen mit riesigen Pupillen, die Augäpfel wie bemoost, grünlich-blau, fremd und grausam; er sah, wie er atmete, aus dem Eis befreit, wie er den Arm hob, mit zitternder Hand nach ihm griff, mit einer Hand so bleich und kalt wie die eines Toten.

Als die Hand des Schläfers Goldbergs Wange berührte, brach der Bann.

Goldberg schrie auf. Es war ein schriller, wahnsinniger Schrei. Er schrie und stolperte zurück, und er sah, wie sich seine eigene Angst im bleichen Gesicht des Schläfers spiegelte, und neben der Angst war da noch ein anderes Gefühl: ein Schrecken, der alles menschliche Maß überstieg, wildes, grimmiges Entsetzen wie aus den dunkelsten Tiefen der Seele.

Goldberg floh.

Er dachte nicht mehr, er wollte nur weg von diesem Ort, fort von diesem Gespenst, diesem Gesicht, das von einem Grauen kündete, wie es sich umfassender nicht vorstellen ließ, einem Grauen, neben dem sogar das endgültige Grauen des Todes sanft und freundlich wirkte.

Er stürmte aus der Schlafkammer und durch den staubigen, düsteren Korridor, zitternd und schreiend, die Zähne gefletscht wie ein in die Enge getriebenes Tier, er floh zurück in die stickige Enge des Wartungsstollens, in das Labyrinth der Schächte, und er kam erst wieder zu sich, als er die Lagerhalle erreicht hatte, von der aus er zu seiner Suche aufgebrochen war.

Keuchend verkroch er sich hinter dem Ladekran und stierte zur fernen Öffnung des Wartungstunnels hinüber, und noch immer hielt die Angst ihn in ihrem Griff.

Seine Wange ...

Wo ihn die Hand des Schläfers berührt hatte ...

Seine Wange brannte.

Heftig rieb er sie, um das Brennen zu vertreiben, wie um die Berührung und die Erinnerung an die Berührung fortzuwischen, doch selbst als das Brennen endlich wich, blieb die Erinnerung bestehen.

Samwell A. Goldberg hatte erlebt, wie die herculeanischen Klon-Soldaten auf seine Heimatwelt Eiry gekommen waren, um zu sengen, zu morden und die Menschen wie Vieh in ihre Lager zu treiben. Er hatte mehrfach dem Tod ins Auge gesehen, als Kriegsherr Kroms Raumschiff MORTUS über Terminus aufgetaucht war und Feuer vom Himmel regnen ließ.

Aber die Begegnung mit dem Kälteschläfer war das Schlimmste, was ihm je widerfahren war.

Er lag da, versteckt hinter dem Gitterwerk des hydraulischen Ladekrans, in Schweiß gebadet, am ganzen Leib bebend, und er sah noch immer das Gesicht des Kälteschläfers vor sich: vom Grauen entstellt, und in den Augen, den weit aufgerissenen, entmenschlichten Augen, das kalte Lauern der Bestie, die Gier des Tiers, das seit Urzeiten durch die Finsternis schlich, hungrig, verdorben wie das Aas, von dem es sich nährte ...

Nur ruhig, dachte Goldberg. Nur nicht die Nerven verlieren. Es war nichts. Einbildung, das ist alles; der Schock. Also bleib ruhig.

Er biß die Zähne zusammen.

Ich muß etwas unternehmen, sagte er sich. Es geht nicht an, daß dieser Kälteschläfer durch das Schiff irrt. Verdammt, wenn ich doch nur mit Flaming Bess sprechen könnte ... Er dachte an Kospodin. Ja, das war die beste Möglichkeit. Er würde Kospodin aufsuchen und ihm von dem Vorfall berichten. Der Jetpilot würde ihn verstehen; er würde ihn nicht an Cluster verraten. Hoffentlich.

Schließlich, nach langen Minuten, als sich sein Herzschlag wieder beruhigt hatte und in der Halle alles still blieb, fand er die Kraft, aufzustehen und sich auf den Weg zu den Oberdecks zu machen.

Im Laufschritt durchmaß er die Halle und bog in den Korridor, durch den auch die beiden Raumsoldaten verschwunden waren – vor einer halben Ewigkeit, wie es Goldberg schien. Fast wünschte er sich, ihnen zu begegnen. Der stille, menschenleere Gang flößte ihm Angst ein. Wieder dachte er an die vom Wahnsinn gezeichneten Augen des Kälteschläfers, und plötzlich begann seine Wange erneut zu brennen, und dann ...

Schritte.

Dicht hinter ihm.

Goldberg fuhr herum und riß den entsicherten Laser hoch.

Nichts.

Verlassen erstreckte sich der schnurgerade Gang vor ihm bis zur fernen Lagerhalle. Aber die Schritte ... Sie waren ganz nah gewesen. Verflucht, er hatte sie deutlich gehört!

Mit dem Ärmel wischte er sich den Schweiß von der Stirn und wich langsam zurück. Wieder hörte er die Schritte – aber er sah niemand.

Es war gespenstisch.

Die Nerven, dachte Goldberg. Es sind nur die Nerven. Halluzinationen. *Nur nicht durchdrehen, alter Junge!*

Er atmete tief durch und versuchte, die Schritte zu

ignorieren. Er begann wieder zu laufen, doch so schnell er auch rannte, die Schritte des unsichtbaren Verfolgers blieben ihm dicht auf den Fersen. Sie ließen sich nicht abschütteln.

Goldberg verließ den Korridor und stieg eine Nottreppe hinauf. Die Schritte folgten ihm.

Bei allen Sternen! dachte Goldberg verzweifelt. Ich drehe durch, ich verliere den Verstand.

Seine Wange brannte noch immer. Und das *Tap-tap-tap* der Schritte begleitete ihn auf seinem Weg.

Die Nerven, sagte er sich erneut, mit grimmig verkniffenem Mund. Es hat nichts zu bedeuten, nicht das geringste. Alles reine Nervensache …

Er wußte nicht, wie recht er hatte.

Noch nicht.

2

Die Kabine lag in der Bugsektion des 1. Oberdecks, am Ende eines langen, von Türen gesäumten Korridors, der zum Zellentrakt des Sicherheitsdienstes gehörte. Bis vor kurzem hatte SD-Chef Muller McLasky den großen, rechteckigen Raum mit der angrenzenden Naßzelle bewohnt, doch McLasky war wie die gesamte Führungsspitze des SD von Clusters Raumsoldaten verhaftet worden, und jetzt diente seine Kabine Clusters prominentester Gefangener als Unterkunft – Flaming Bess, der rechtmäßigen Kommandantin der NOVA STAR.

Der Raum war behaglich eingerichtet.

Die Wand mit dem verglasten Durchgang zur Naßzelle wurde zur Hälfte von einer komfortablen Liege eingenommen, es gab einen gut bestückten Bartisch, drei bequeme Sitzelemente und eine perlmuttfarbene Spiegelkommode. In einer Ecke rankte sich ein farbenprächtiger, vielfach verästelter Audiokristall bis zur Decke und erfüllte die Kabine mit leisen, an- und abschwellenden Flötenklängen. Auf dem Regal über der Liege reihten sich mehrere hundert Lesespulen aneinander, das dazugehörige Mikrofilmlesegerät hing neben dem Regal an einer magnetischen Halterung, und in der Ecke gegenüber dem Audiokristall stand eine Multimediakonsole zum Empfang der bordeigenen Radio-, Video- und Fühlfilmprogramme.

Im Vergleich zu den SD-Zellen mit ihren kahlen Metallwänden bot die Kabine verschwenderischen Luxus, aber sie war trotzdem eine Zelle: Die Interkomanlage neben der Tür war blockiert, die Tür verriegelt, und draußen auf dem Korridor hielten schwerbewaffnete Raumsoldaten Wache. Weitere Soldaten waren an den Zugängen zum SD-Trakt postiert.

Flaming Bess gab sich keinen Illusionen hin. Selbst wenn es ihr gelang, die Wachen vor der Tür auszuschalten, hatte sie keine Chance, aus dem SD-Trakt zu entkommen.

Aber vielleicht gab es einen anderen Weg; vielleicht war die Zelle doch nicht so ausbruchsicher, wie Cluster glaubte …

Sie bezwang ihre Ungeduld.

Noch war es nicht soweit. Sie mußte den richtigen Zeitpunkt abwarten.

Doch während sie auf dem Bett saß, scheinbar entspannt, mit gleichmütiger Miene, sah sie immer wieder zur Decke hinauf, zu dem dunklen runden Fleck neben der faustgroßen Kristallampe, die warmes, gelbes Licht verbreitete. Der Fleck war klein, kaum größer als ein Fingernagel, ein matter Klecks im schimmernden Stahl der Decke, die an dieser Stelle eine leichte Unregelmäßigkeit aufwies, nur für das geschulte Auge erkennbar: haarfeine Fugen, der quadratische Umriß einer Wartungsklappe.

Der dunkle Fleck befand sich im exakten Mittelpunkt der Klappe – das elektronische Schloß, das sich nur mit einem kodierten Funkimpuls entriegeln ließ.

Für einen flüchtigen Moment blitzte ein schmales Lächeln um ihre Lippen auf. Aber sie hatte keinen Kodegeber; man hatte ihr den Technogürtel zusammen mit dem Destruktor abgenommen, und ohne ihre Mikrotechausrüstung war das elektronische Schloß ein unüberwindliches Hindernis.

Zum Teufel, dachte Bess zornig, es *muß* eine Möglichkeit geben, die Klappe zu öffnen!

Sie sprang auf und trat unter die Luke. Dort war der Weg in die Freiheit, greifbar nah – ein Klimaschacht, Teil des weitverzweigten Belüftungssystems der NOVA STAR. Wenn es ihr gelang, in das Gewirr der Klimaschächte zu entkommen und zum Kommandodeck vorzudringen ...

Ein Kodegeber! dachte Flaming Bess. Ein Sternenreich für einen Kodegeber!

Resignierend wandte sie sich ab, eine schlanke, hochgewachsene Frau mit bronzefarbener Haut und festen, vollen Brüsten, die den seidig glatten Stoff ihrer tief ausgeschnittenen Bluse spannten, das klassisch geformte Gesicht von hohen Wangenknochen und großen, dunklen Augen geprägt und von glatten, schwarzen Haaren umrahmt. Die ärmellose

Bluse mit den hornartigen, hochstehenden Schulterteilen bestand aus dem gleichen Material wie die eng anliegende Hose. Ihre halbhohen Stiefel waren perlgrau.

Vor der Spiegelkommode blieb sie stehen.

Und nun, Flaming Bess? dachte sie. Was nun?

Mit halb geschlossenen Augen, unter langen Wimpern hervor sah sie ihr Spiegelbild fragend an.

Du wirst weiter warten müssen, Flaming Bess, schien ihr Spiegelbild zu antworten. *Warten – auf den Tod.*

Bess kehrte der Kommode abrupt den Rücken zu.

Auf den Tod warten? Was das betraf – seit sie im Tempel von Terminus aus dem äonenlangen Kälteschlaf erwacht war, hatte sie dem Tod ständig ins Auge gesehen.

Sie hatte den herculeanischen Angriff auf Terminus und die Mordanschläge der Kultisten überlebt; sie war mit der NOVA STAR ins Herrschaftsgebiet der Dhrakanen vorgestoßen, jener uralten, mächtigen Echsenrasse, die keinen Fremden in ihrem Reich duldete, und sie hatte ihr Schiff vor der Vernichtung durch die dhrakanische Grenzstation bewahrt; sie war von Kriegsherr Kroms Klon-Soldaten nach Herculea entführt worden, dem Zentralplaneten der Herculeaner im Universum der Schattenwelt, und sie war aus der Schattenwelt entkommen ... um bei ihrer Rückkehr zur NOVA STAR von Admiral Cluster verhaftet zu werden.

Flaming Bess fragte sich, ob der alte Admiral tatsächlich glaubte, daß sie für die Herculeaner arbeitete, oder ob er sie nur des Hochverrats beschuldigte, um sie bei den Flüchtlingen zu diskreditieren.

Mit einem leisen Seufzer ließ sie sich wieder auf dem Bett nieder.

Es spielte keine Rolle. Solange sie lebte, war sie

eine Gefahr für Clusters Pläne. Der Admiral war von dem Gedanken besessen, daß es seine heilige Pflicht sei, mit der NOVA STAR den Kampf gegen die Herculeaner fortzusetzen. Er wußte, daß die Mehrheit der Flüchtlinge noch immer auf Flaming Bess' Seite stand. Es war nur eine Frage der Zeit, bis es zur offenen Rebellion kam.

Cluster muß mich töten, dachte Bess nüchtern. Die Umstände lassen ihm keine andere Wahl.

Ihre Blicke wanderten wieder zur Decke, zur Wartungsklappe, dem dunklen Fleck des elektronischen Schlosses.

Ein Geräusch an der Tür, das metallische Knacken, mit dem sich die Verriegelung löste. Geschmeidig richtete sich Flaming Bess auf und stand neben dem Bartisch, als die Tür zur Seite glitt und ein stämmiger, grimmig dreinblickender Mann in der purpurroten Uniform der Flotte die Zelle betrat: Donnister Gorram, Clusters Verbindungsoffizier zum Sicherheitsdienst, ein Veteran des Herculeaner-Kriegs und dem Admiral treu ergeben.

Die beiden bewaffneten Raumsoldaten in seiner Begleitung wollten ihm in die Kabine folgen, aber mit einer herrischen Handbewegung bedeutete er ihnen, auf dem Korridor zu warten.

Surrend schloß sich die Tür.

Flaming Bess war mit Gorram allein in der Zelle.

»Einen Drink?« fragte Bess freundlich.

Wortlos schüttelte Gorram den Kopf. Ihm war deutlich anzusehen, wie unwohl er sich in seiner Haut fühlte. Nervös befingerte er das Bildsprechgerät, das an seinem Gürtel hing, fuhr sich mit der Hand über das kurzgeschorene schwarze Haar, starrte sie an, räusperte sich.

Äußerlich gelassen, doch innerlich aufgewühlt,

beugte sich Bess über den Bartisch, tippte eine Kodeziffer in das integrierte Terminal und wartete, bis sich in der Mitte des Tisches die Ausgabeklappe öffnete und ein schmales, mit einer sprudelnd roten Flüssigkeit gefülltes Glas erschien.

Es ist etwas geschehen, dachte sie. Eine Entscheidung ist gefallen – deshalb ist Gorram gekommen.

Der Offizier war unbewaffnet; er trug kein Holster, keine Energiepistole, nur das Bildsprechgerät.

Das Bildsprechgerät …

Flaming Bess war wie elektrisiert. Das Gerät war auf die Frequenzen der Bordkommunikation programmiert, aber es dürfte kein Problem sein, die Bandbreite zu vergrößern und es auf die Frequenz des Sensorschlosses der Wartungsklappe einzustellen.

Sie griff nach dem Glas, nippte an der perlenden, schwach alkoholischen Flüssigkeit, die wie eine Mischung aus Champagner und Himbeerlimonade schmeckte, und überlegte fieberhaft, wie sie das Bildsprechgerät an sich bringen konnte.

»Ich habe Ihnen ein Angebot zu machen«, sagte Gorram übergangslos. »Trotz Ihrer hochverräterischen Beziehungen zu den Herculeanern ist Admiral Cluster unter Umständen bereit, Gnade vor Recht walten zu lassen.«

Bess trat einen Schritt auf ihn zu. Sie war einen Kopf größer als der stämmige Offizier, und fast körperlich spürte sie sein Unbehagen darüber, daß er nun zu ihr aufblicken mußte. Aber Gorram wich nicht zurück. Offenbar rechnete er nicht mit einem Angriff – oder er vertraute auf die Wachen vor der Tür.

»Da das Recht auf meiner Seite ist«, entgegnete Bess, »bin ich an Clusters Gnade nicht interessiert.«

Sie stand jetzt dicht vor ihm.

Gorrams Unbehagen wuchs. Er wußte, was im Tempel der Alten Kommandantin auf Terminus geschehen war, daß Flaming Bess fast im Alleingang einen Sturmtrupp herculeanischer Klon-Soldaten zurückgeschlagen hatte. Ihm mußte klar sein, daß er gegen diese Frau keine Chance hatte. Aber sein Unbehagen rührte noch aus einer anderen Quelle – er begehrte sie. Seine Blicke, seine beschleunigten Atemzüge, seine Nervosität, seine verkrampfte Haltung sprachen für sich.

Es amüsierte Bess, und gleichzeitig begann in ihr ein Plan zu reifen.

Gorram räusperte sich erneut. »Ich bin nicht hier, um mit Ihnen zu diskutieren. Der Admiral hat mich beauftragt, Ihnen ein Angebot zu übermitteln. Das ist alles.«

Sie ließ sich von seinem schroffen Tonfall nicht beirren. Mit der Zungenspitze fuhr sie über den Rand des Glases und leckte einen Tropfen fort.

»Ich höre«, sagte sie sanft. »Reden Sie nur weiter.«

»Wenn Sie bereit sind, Ihre ... Verfehlungen öffentlich einzugestehen und von Ihrem Posten als Kommandantin zurückzutreten, wird Admiral Cluster auf eine offizielle Anklageerhebung verzichten.« Gorram schwitzte. »Natürlich bedeutet das auch, daß Sie in Zukunft die Pläne des Admirals unterstützen müssen.«

»Natürlich«, nickte Flaming Bess. Sie trank einen Schluck, beugte sich leicht nach vorn und gönnte Gorram einen genau berechneten Blick in ihren Ausschnitt. »Und wenn ich nicht bereit bin, mich selbst als herculeanische Agentin zu denunzieren?«

Gorram schluckte. »Dann wird in zwölf Stunden Ihr Hochverratsprozeß vor dem Kriegsgericht beginnen.«

»Ich nehme an, das Urteil steht bereits fest.«

»Ich ... ich führe nur meine Befehle aus«, sagte er mit rauher Stimme.

»Ein Klon-Soldat hätte es nicht besser ausdrücken können«, lächelte Bess.

Donnister Gorram fuhr zusammen. Zorn verdunkelte sein Gesicht. »Sie müssen es ja wissen«, stieß er hervor.

»Sie halten mich für einen Klon?« Das Lächeln war aus ihrem Gesicht wie fortgewischt. »Sind Sie tatsächlich so dumm?«

»Was ich glaube, spielt keine Rolle«, wehrte Gorram ab. Er schwitzte heftiger. »Jedenfalls steht fest, daß Sie in der Schattenwelt gewesen und unter nicht geklärten Umständen zur NOVA STAR zurückgekehrt sind. Sie waren Kroms Gefangene. Sie waren in der Gewalt der Herculeaner. Wir, die wir zehn Jahre lang gegen die Herculeaner gekämpft haben, kennen Kroms teuflische Klugheit, die technischen Fähigkeiten seiner Gen-Ingenieure. Und selbst wenn Sie kein Klon sein sollten – wer garantiert, daß Krom Sie nicht umgedreht hat?«

»Wer garantiert, daß Cluster kein herculeanischer Agent ist?« fauchte Bess in genau kalkulierter Wut. *Gleich,* dachte sie, *gleich ...* »Wenn er mit der NOVA STAR zu den Welten des Sternenbundes zurückkehrt, bedeutet das für alle Menschen an Bord Tod oder Gefangenschaft! Nur ein Idiot wird mit einem einzigen Schiff die herculeanischen Flotten angreifen – oder ein Agent Kroms.«

»Wie können Sie es wagen ...!« brauste Gorram auf.

»Schweigen Sie!« fiel ihm Bess ins Wort, sich immer mehr ereifernd, gestikulierend, daß die sprudelnde Flüssigkeit in ihrem Glas überzuschwappen drohte. »Cluster wird die NOVA STAR ins Verderben führen, und Sie erwarten im Ernst, daß ich diesen Wahnsinn unterstütze? Sie müssen verrückt sein, Gorram. Genauso verrückt wie Ihr seniler Admiral!«

»Ich ...« Gorram keuchte.

»Verrückt, jawohl!« wiederholte Flaming Bess und gestikulierte dabei so heftig, daß sich die sprudelnde Flüssigkeit aus dem Glas über Gorrams Uniformjacke ergoß. Ein dunkler Fleck breitete sich auf dem purpurroten Stoff aus.

»Verdammt!« Der Offizier fluchte, sprang zurück.

»Oh, das tut mir leid«, sagte Bess scheinbar zerknirscht, stellte rasch ihr Glas ab und machte sich – mit beabsichtigtem Ungeschick – daran, die perlenden Tropfen von Gorrams Jacke zu wischen. Mit der freien Hand langte sie verstohlen nach dem Bildsprechgerät, löste es blitzschnell von seinem Gürtel und verbarg es hinter ihrem Rücken.

Wie zufällig riß sie gleichzeitig einen Knopf von Gorrams Jacke ab.

»Wie ungeschickt von mir«, säuselte sie.

Gorram schob verärgert ihre Hand zurück. »Lassen Sie das«, knurrte er.

»Wie Sie meinen. Ich wollte Ihnen nur helfen.« Sie trat an den Tisch, ließ sich auf eines der Polsterelemente sinken und sah zerknirscht zu Gorram auf. Das Bildsprechgerät drückte gegen ihren Rücken. Ihr Herz klopfte laut und schnell, und sie betete, daß der Offizier den Verlust seines tragbaren Bordkoms erst bemerken würde, wenn es zu spät war.

Ein paar Minuten, dachte Bess. Mehr brauche ich nicht – nur ein paar Minuten ...

Gorram straffte sich.

»Sie lehnen das Angebot des Admirals also ab?«

fragte er barsch, geistesabwesend mit der Hand über den feuchten Fleck auf seiner Jacke reibend.

»Richten Sie Ihrem Admiral aus, daß ich ebenfalls bereit bin, Gnade vor Recht walten zu lassen«, erklärte Flaming Bess. »Wenn er umgehend die Crew und alle anderen Gefangenen freiläßt, die Zentrale räumt und sich wieder meinem Befehl unterstellt, wird seine Meuterei keine weiteren Konsequenzen für ihn haben. Andernfalls werde ich ihn – und seine an der Verschwörung beteiligten Offiziere – zur Rechenschaft ziehen.«

Donnister Gorram starrte sie an.

Dann, ohne ein weiteres Wort, wirbelte er herum und hämmerte mit der Faust gegen die Tür. Sie öffnete sich augenblicklich. Der Offizier stürmte hinaus auf den Korridor und an den beiden verwirrt dreinschauenden Soldaten vorbei, dann schloß sich die Tür wieder.

Sie atmete tief durch.

Einige Sekunden lang wartete sie noch, horchte und zog schließlich das Bildsprechgerät hinter ihrem Rücken hervor. Sie kannte das Modell; sie brauchte nur die programmierten Sendefrequenzen zu löschen, den Öffnungskode des Sensorschlosses einzugeben – eine einfache Impulsfolge, auf die alle Schlösser an Bord reagierten, sofern sie nicht wie die Zugänge zum Kommando- oder Maschinendeck besonders gesichert waren – und die Impulsfolge so lange abzustrahlen, bis sie die richtige Frequenz gefunden hatte und sich die Zustiegsluke öffnete.

Ein Kinderspiel. In der Theorie.

Alles hing davon ab, wann Gorram bemerkte, daß sein Bildsprechgerät verschwunden war.

Fieberhaft begann Flaming Bess zu arbeiten.

Es war ihre letzte Chance. Wenn sie jetzt nicht aus

der Zelle entkam, würde sie in zwölf Stunden vor dem Kriegsgericht stehen. Über das Urteil machte sie sich keine Illusionen. Das Kriegsrecht sah für Verrat die Todesstrafe vor, und Cluster würde das Gericht so besetzen, daß das Urteil in seinem Sinn ausfiel.

Aber warum so schnell? Clusters Schwierigkeiten mußten größer als erwartet sein. Vermutlich hoffte er, durch den Schauprozeß und die Hinrichtung der alten Kommandantin ihre Anhänger einzuschüchtern.

Bess schnitt eine Grimasse. Ihre Finger huschten über die Programmtasten des Bildsprechgeräts. Glaubte Cluster wirklich, daß nach ihrem Tod die Crew und die Flüchtlinge bereit waren, ihm in den Kampf gegen die Herculeaner zu folgen? War ihm nicht klar, daß dies der Auslöser für den offenen Aufstand sein konnte, für einen Kampf, der unweigerlich in einem Blutbad enden würde?

Und selbst wenn Clusters Raumsoldaten siegreich aus der Auseinandersetzung hervorgehen würden – es war nur ein Aufschub. Clusters Kriegspläne bedeuteten das sichere Ende für das Schiff und seine Besatzung.

Aber ich werde es verhindern, schwor sich Flaming Bess, während sie den Öffnungskode einprogrammierte. Ich werde nicht zulassen, daß die letzten freien Menschen den Racheplänen eines größenwahnsinnigen Militärs zum Opfer fallen. Mit der NOVA STAR allein können wir den versklavten Völkern des Sternenbundes nicht helfen – ihre einzige Hoffnung ist die Erde, und ich werde die Erde finden und sie um Hilfe gegen die Herculeaner bitten. Und nichts und niemand wird mich daran hindern …

Sie wog das Bildsprechgerät in ihrer Hand.

Fertig. Der Öffnungskode war eingegeben, der Frequenzsuchlauf programmiert.

Sie sah hinauf zur Wartungsklappe, zum dunklen Fleck des Sensorschlosses, dann zur Tür. Sie lauschte.

Nichts.

Flaming Bess trat unter die Klappe und hob das Sprechgerät. Ein tiefer Atemzug – und sie schaltete das Gerät ein. Automatisch wurde der Öffnungskode abgestrahlt. Nichts. Sie wechselte die Frequenz. Wieder ohne Ergebnis.

Sekunde um Sekunde tickte dahin.

Die Klappe rührte sich nicht.

Bess murmelte einen Fluch. Hatte sie einen Fehler gemacht? Vielleicht bei der Eingabe des Öffnungskodes? Oder war das Sensorschloß defekt?

Sie fuhr zusammen – Schritte. Auf dem Korridor, vor ihrer Tür! Zum Teufel, hatte Gorram den Diebstahl entdeckt?

Die Schritte entfernten sich und verklangen.

Zischend stieß sie die Luft aus, richtete das Gerät erneut auf die Luke und versuchte es mit einer anderen Frequenz. Ein metallisches Klicken. Sie seufzte vor Erleichterung, als die Klappe aufschwang. Summend schob sich eine Teleskopleiter nach unten. Endlich! Sie hatte es geschafft!

Flaming Bess befestigte das Bildsprechgerät an ihrem Gürtel, stieg nach einem letzten prüfenden Blick zur Tür die Sprossen der Leichtmetalleiter hinauf und zwängte sich durch die schmale Öffnung in den Klimaschacht. Kühle Luft strich ihr ins Gesicht. Irgendwo in der Ferne das Rauschen einer Umwälzpumpe.

Sie nahm sich die Zeit, die Klappe durch einen Umkehrimpuls wieder zu schließen. Natürlich konnte sie nicht hoffen, Clusters Leute lange zu täuschen, aber jede Minute Zeitgewinn konnte für den

Erfolg oder Mißerfolg ihres Vorhabens entscheidend sein.

Belustigt stellte sie sich Gorrams Gesicht vor, wenn er zurückkehrte, um sie zu ihrem Kriegsgerichtsprozeß abzuholen, und die Zelle leer vorfand ...

Sie schob den Gedanken beiseite und rief sich den Bauplan der NOVA STAR ins Gedächtnis.

Im Schacht war es stockfinster. Alles, woran sie sich orientieren konnte, war das Rauschen der Umwälzpumpe. Wenn sie dem Geräusch folgte, würde sie früher oder später zum Hauptklimaschacht gelangen, der alle elf Decks der NOVA STAR miteinander verband.

Aber dann begann der schwierigste Teil ihres Unternehmens – der lange, mühsame Aufstieg durch den Hauptklimaschacht zum Kommandodeck, wo ihre Crew gefangengehalten wurde.

Sie mußte das Kommandodeck erreichen, bevor man ihre Flucht entdeckte.

Und dann ...

Alles weitere hing von den Umständen ab – und von Glory Moon.

Kriechend machte sich Bess auf den Weg.

In der Zentrale der NOVA STAR herrschte bedrücktes Schweigen. Die Raumsoldaten an den Kontrollpulten wußten, daß sie kaum mehr als Staffage waren: Knopfdrücker, die nur einen Bruchteil der technischen Funktionen des Raumschiffes beherrschen konnten, unfähig, ihre Macht über das Schiff auch in Taten umzusetzen.

Admiral Cluster – ein großer, massiger Mann mit zerfurchten Gesichtszügen, schütteren, aschgrauen Haaren und kalten Augen – starrte finster den großen Hauptbildschirm an, der wie ein schräg geneigtes Fenster in die Stirnseite der Zentrale eingelassen war. Der Bildschirm zeigte kosmische Gaswolken, düster glühende Staubwirbel und hier und dort – verzerrt und verschwommen – Sterne. Alte Sterne, ferne Sonnen, beherrscht von der Echsenrasse der Dhrakanen.

Auf einem Monitorfenster im unteren Drittel des Hauptbildschirms war ein dunkelroter Lichtfleck vor dem Hintergrund der interstellaren Staub- und Gaswolken zu sehen – die rote Riesensonne, in deren System die Herculeaner ihre Geheimbasis angelegt hatten.

Die NOVA STAR hatte das System vor rund zehn Stunden verlassen und stieß mit halber Lichtgeschwindigkeit immer tiefer in den freien Weltraum vor.

Cluster ballte die Fäuste.

Aber was bedeuteten schon hundertfünfzigtausend Kilometer pro Sekunde angesichts der ungeheuren, unvorstellbaren Entfernungen zwischen den Sternen? Rund fünftausend Lichtjahre trennten die NOVA STAR von den Grenzen des Sternenbundes der Inneren Welten. Eine unüberwindliche Distanz – ohne überlichtschnellen Antrieb.

Sofern man nicht wie die Raumschiffe der Frühzeit im Dilatationsflug die Abgründe zwischen den Sonnen überbrücken wollte, Reisen, die Tausende von Jahren dauerten …

Clusters Blicke wanderten zu einem der handtellergroßen Kontrollmonitore am Kommandantenpult. Er zeigte einen massiven, gedrungenen Zylinder, der auf einem niedrigen Metallpodest ruhte und in ein Geflecht mannsdicker Versorgungskabel eingebettet war.

Das dhrakanische Paratriebwerk unten im Maschinendeck.

Mit dem Triebwerk ließ sich die Grenze des Sternenbundes binnen weniger Tage erreichen, doch die Paraflugnavigation lag in den Händen der Psychonautin Glory Moon, und Moon stand wie die anderen Crewmitglieder unter Arrest ...

Das Zischen des sich öffnenden Hauptschotts riß Cluster aus den Gedanken. Er drehte seinen Servosessel und sah zur Galerie hinauf. Donnister Gorram betrat die Zentrale.

Endlich! dachte Cluster.

Aber er verbarg seine Ungeduld. Es war nicht gut, wenn seine Männer mitbekamen, wie sehr er Gorrams Bericht entgegenfieberte. Es konnte seine Autorität untergraben, wenn sie den Eindruck gewannen, daß ihr Admiral von der Entscheidung einer Verräterin und herculeanischen Agentin abhängig war ...

Mit gespielter Gleichgültigkeit wartete er, bis Gorram zur Grundebene der Zentrale herabgestiegen war und vor ihm Haltung annahm.

»Stehen Sie bequem«, knurrte Cluster. »Also? Haben Sie etwas erreicht?«

Gorram schüttelte den Kopf. »Die Gefangene weigert sich, auf Ihr Angebot einzugehen, Admiral.«

»Diese verdammte ...« Er beherrschte sich. »Sie haben ihr klargemacht, welche Konsequenzen ihre Weigerung für sie hat? Daß sie wegen Hochverrats vor ein Kriegsgericht gestellt wird?«

»Ich habe Flaming Bess entsprechend informiert«, bestätigte der Offizier. »Sie ließ sich davon nicht beeindrucken. Sie reagierte sogar mit einer erstaunlichen Gelassenheit ...«

»Das wundert mich nicht«, nickte Cluster. »Eine typische Klon-Reaktion. Diesen Retortenwesen ist es egal, ob sie leben oder sterben. Wahrscheinlich hofft Flaming Bess noch immer, daß ihr Kriegsherr mit einer Flotte durch das Schattentor kommt und sie befreit.«

Er lachte rauh.

»Vielleicht wird sie kooperationsbereiter, wenn sie erfährt, daß wir das System der roten Riesensonne längst verlassen haben. Krom kann ihr nicht mehr helfen. Niemand kann ihr jetzt noch helfen.«

Donnister Gorram sagte nichts.

Cluster sah ihn mürrisch an. Ihm entging nicht der skeptische Gesichtsausdruck seines Verbindungsoffiziers, und er kannte den Grund für Gorrams Skepsis.

Verdammt, dachte Cluster, bin ich denn der einzige, der Flaming Bess durchschaut hat? Wenn selbst meine eigenen Leute daran zweifeln, daß Bess für die Herculeaner arbeitet – wie sollen wir dann die Flüchtlinge überzeugen?

»In zwölf Stunden beginnt der Prozeß«, sagte Cluster schroff. »Ich habe lange genug Nachsicht geübt. Es wird Zeit für ein Exempel. Vielleicht bringt das endlich Glory Moon und den Rest der Crew zur Vernunft.«

»Verzeihung, Admiral, aber ...«

»Ja?«

»Ich ... Was ist, wenn Flaming Bess kein Klon ist? Ich meine« – Gorram machte eine hilflose Handbewegung – »wenn wir es mit der *echten* Flaming Bess zu tun haben?«

Cluster wollte aufbrausen, doch er zwang sich zur Ruhe. Ihm war bewußt, daß die anderen Soldaten in der Zentrale aufmerksam zuhörten. Er mußte seine nächsten Worte sorgfältig abwägen.

»Ich habe mir diese Frage auch gestellt, Gorram«, sagte er bedächtig. »Ich habe oft darüber nachgedacht, glauben Sie mir. Aber ich kam immer wieder zu dem Schluß, daß es keine Rolle spielt. Denn sehen Sie ...« Er lehnte sich zurück, faltete die Hände, lächelte schmal. »Flaming Bess hat sich bereits verraten. Ohne es selbst zu ahnen, hat sie uns den Beweis dafür geliefert, daß sie die Seiten gewechselt hat. Während ihrer Gefangenschaft in der Schattenwelt, auf Herculea, ist *irgend etwas* mit ihr geschehen, und seitdem arbeitet sie für Krom.«

»Ich verstehe nicht ...«

»Sie kennen Bess' Bericht über ihre Flucht aus der Schattenwelt?« fragte Cluster.

»Natürlich«, sagte Gorram. »Er deckt sich in allen Einzelheiten mit der Aussage des Clansmanns Ka.«

»Dann wissen Sie auch, daß Bess und Ka übereinstimmend behauptet haben, nur dank der Hilfe eines Klons entkommen zu sein. Und dieser Klon war nicht irgendein anonymer Retortensoldat, sondern Dool, einer von Kroms Adjutanten. Begreifen Sie jetzt?«

»Ich fürchte ...«

Cluster seufzte. »Was unterscheidet einen Klon von einem Menschen, Gorram?«

Der Offizier zögerte, dann leuchtete die Erkenntnis in seinen Augen auf. »Der unbedingte Gehorsam. Klons haben keinen freien Willen. Sie sind Befehlsempfänger, Werkzeuge.«

»So ist es«, bestätigte Cluster zufrieden. »Klons rebellieren nicht; niemals, unter keinen Umständen. Sie gehorchen, sie führen Befehle aus, mehr nicht. Verstehen Sie? Das ist der entscheidende Punkt! Wenn dieser Dool dem Clansmann und Flaming Bess zur Flucht verholfen hat, dann auf Kroms ausdrücklichen Befehl hin, und dann kann nur eine Teufelei dahinterstecken. Hat Dool mit ihrer Flucht nichts zu tun, dann haben Bess und Ka gelogen – und dafür kann es nur eine einzige Erklärung geben: *Verrat.*«

Cluster stand auf und legte Gorram in einer väterlichen Geste die Hand auf die Schulter.

»Wir tragen eine schwere Verantwortung. Nicht nur das Schicksal der NOVA STAR und ihrer Besatzung steht auf dem Spiel. Es geht um die Zukunft der ganzen Menschheit. Wenn auch nur die geringste Wahrscheinlichkeit dafür besteht, daß Flaming Bess in der Schattenwelt zur Verräterin geworden ist, dann sind wir dazu verpflichtet, gemäß unserem Eid als Soldaten des Sternenbundes zu handeln.«

»Ja«, murmelte Gorram. »Sie haben recht, Admiral.«

Abrupt wandte sich Cluster ab. »Gut; Sie können gehen.«

Gorram verließ die Zentrale, und Clusters Blicke kehrten wieder zum Hauptbildschirm zurück.

Erneut spürte er Zorn in sich aufsteigen. Was nutzte es ihm, daß er das Kommando über das Schiff übernommen, die Zentrale besetzt, Flaming Bess' Anhänger ausgeschaltet hatte? Das Schiff gehörte ihm, doch solange sich Glory Moon weigerte, seinen Befehlen zu gehorchen, war ihm der Weg zum Sternenbund versperrt. Nur die Psychonautin war aufgrund ihrer speziellen Ausbildung und psychischen Fähigkeiten in der Lage, das Mentalsteuerungssystem des Paratriebwerks zu kontrollieren.

Aber vielleicht gab es doch noch eine andere Möglichkeit.

Cluster beugte sich über das Kontrollpult und schaltete den Interkom ein. Ein Monitor wurde hell. Ein dunkles, bartloses Gesicht, schmal, fast ausgezehrt, grüne Augäpfel unter buschigen Brauen: Stabsoffizier Zerkonnien von den Linderghast-Planeten. Im Hintergrund wuchtige Schaltpulte, Bildschirme, eine diodenbesetzte Wand; der Kontrollraum im 1. OD, Clusters altes Hauptquartier.

»Admiral?« sagte Zerkonnien.

»Wo steckt Kospodin?« fragte Cluster. »Ich warte schon seit einer halben Stunde auf ihn.«

Der Stabsoffizier warf einen Blick zur Seite, flüsterte etwas, wandte sich dann wieder Cluster zu. »Kospodin ist soeben aus den Maschinendecks zurückgekehrt und auf dem Weg zur Zentrale. Er müßte jede Minute eintreffen.«

»Gut«, nickte Cluster. »Wie ist die Lage in den Flüchtlingsdecks?«

»Unverändert gespannt. Die Ausgangssperre wird zunehmend mißachtet. Protestversammlungen im 3. OD; Schweigemärsche im 1. und 5. OD; in den anderen Decks häufen sich Zusammenstöße zwischen militanten Bess-Anhängern und unseren Patrouillen. Es gibt Anzeichen dafür, daß die Techniker mit einem Generalstreik die Freilassung von Flaming Bess, Ken Katzenstein und der übrigen Crew erzwingen wollen. Die Mehrheit der SD-Beamten weigert sich nach wie vor, mit uns zusammenzuarbeiten. Unbekannte – vielleicht die untergetauchten Kultisten – haben im 3. OD ein Waffenlager überfallen. Die Spur führt in die Maschinendecks, aber wir haben nicht genug Leute für eine gründliche Durchsuchung. Vielleicht kann Ihnen Kospodin mehr sagen – er hat den Einsatz der Unterdeck-Patrouillen organisiert.«

Der Admiral hieb mit der Faust auf die Armlehne seines Servosessels. »Wir haben lange genug Nachsicht geübt, Zerkonnien! Die Flüchtlinge scheinen meine Milde für Schwäche zu halten. Von nun an wird jeder Verstoß gegen die Ausgangssperre unnachsichtig geahndet. Verstärken Sie die Patrouillen! Protestversammlungen oder Streiks sind rücksichtslos zu zerschlagen. Die Rädelsführer müssen umgehend festgenommen und inhaftiert werden. Gehen Sie, wenn nötig, mit Waffengewalt gegen die Unruhestifter vor. Verstanden?«

»Verstanden, Admiral.«

»Und sorgen Sie dafür, daß diese Kultisten aufgespürt und unschädlich gemacht werden«, fügte Cluster hinzu. »Zur Not müssen wir die Maschinendecks räumen, abschotten und mit Betäubungsgas fluten.«

Zerkonnien nickte zögernd. »Ich gebe zu bedenken, daß derart drastische Maßnahmen den Widerstand unter den Flüchtlingen ...«

»Tun Sie, was ich Ihnen gesagt habe«, unterbrach Cluster. »Mehr wird von Ihnen nicht verlangt.«

Der Stabsoffizier schluckte. »Natürlich, Admiral. Sie können sich auf mich verlassen.«

Der Bildschirm wurde grau.

Überall an Bord gärt es, dachte der alte Admiral. Ungehorsam und Rebellion, wohin man blickt. Es ist, als hätte Flaming Bess eine magische Macht über die Menschen. Diese absurde Suche nach der Erde ...! Nach einem Mythos, einem Phantom! Wir jagen einem Phantom hinterher, anstatt das zu tun, was unsere Ehre und unser Gewissen von uns verlangen. Die Völker des Sternenbundes stöhnen unter der herculeanischen Tyrannei, doch Flaming Bess bringt die Menschen dazu, feige vor dem Feind zu fliehen. Flaming Bess muß sterben, dachte Cluster. Erst wenn sie tot ist, werden die Menschen erwachen und sich an ihre heilige Pflicht erinnern. Die mythische Erde kann uns nicht helfen. Wir dürfen nicht auf eine Legende vertrauen, sondern allein auf unseren Mut, unsere Entschlossenheit, unsere Waffen ...

Plötzlich spürte Cluster die Verantwortung wie ein schweres Gewicht auf seinen Schultern lasten. Er führte einen einsamen Kampf. Die Crew war gegen ihn; sie wollte oder konnte nicht einsehen, daß Flaming Bess den Herculeanern in die Hände arbeitete, indem sie an der Suche nach der Erde festhielt. Muller McLasky und die meisten SD-Männer standen nach wie vor auf der Seite der alten Kommandantin, die Flüchtlinge waren Bess' Charisma erlegen, und sogar Kriegsveteranen wie Gorram und Zerkonnien wurden von Zweifeln geplagt.

Und seine natürlichen Verbündeten – Lady Gondelor und Supervisor Vordermann Frust – hielten sich zurück. Sie scheuten das Risiko, sich offen auf seine Seite zu stellen. Sie schienen den Ausgang des Machtkampfes abwarten zu wollen.

Aber der Kampf ist bereits beendet, sagte sich der Admiral. Flaming Bess ist erledigt. In knapp zwölf Stunden wird das Kriegsgericht sie schuldig sprechen, und dann wird niemand mehr wagen, sich meinen Befehlen zu widersetzen. Wer dennoch den Gehorsam verweigert …

»Admiral?«

Cluster sah auf.

Vor ihm stand ein hochgewachsener, kräftiger Flottensoldat mit hellblonden Haaren und einem offenen Gesicht. An seiner purpurnen Uniformjacke prangte ein stilisiertes Sonnenemblem. Calvin Kospodin, der beste Jetpilot der Raumflotte und Träger des Sonnenordens.

»Sie kommen spät, Kospodin«, stellte Cluster fest.

»Ich war auf Patrouille in den Maschinendecks«, erklärte der Jetpilot entschuldigend. »Leider haben wir keine Spur von den untergetauchten Kultisten …«

»Geschenkt«, fiel ihm der Admiral ins Wort. »Zerkonnien hat mich informiert. Er wird von jetzt an die

Fahndung nach den Kultisten übernehmen. Für Sie, Kospodin, habe ich eine andere Aufgabe.«

Er maß den Piloten mit einem stechenden Blick. War Kospodin loyal? Oder hatte Flaming Bess auch ihn in ihren Bann geschlagen?

Cluster räusperte sich. »Sie kennen die Situation, Kospodin. Die Umstände haben mich gezwungen, das Kommando zu übernehmen, doch die Crew verweigert die Zusammenarbeit. Das Schiff ist derzeit nicht paraflugtauglich – und das kann in unserer Lage tödliche Konsequenzen haben.« Er wies auf das Monitorfenster im unteren Drittel des großen Hauptbildschirms, wo die rote Riesensonne zu einem murmelgroßen Lichtfleck geschrumpft war.

»Wenn es den Herculeanern gelingt, das Schattentor auf der Ödwelt zu reaktivieren und Kriegsschiffe durchzuschleusen, ist die NOVA STAR verloren. Im Unterlichtflug können wir den schnellen herculeanischen Raumern nicht entkommen. Außerdem haben die Dhrakanen von uns verlangt, ihr Reichsgebiet so rasch wie möglich zu verlassen. Nach den Erfahrungen, die wir bei der Konfrontation mit der dhrakanischen Grenzstation gesammelt haben, ist davon auszugehen, daß wir in ernste Schwierigkeiten geraten, wenn wir noch länger in diesem Sektor verweilen.«

Kospodin runzelte die Stirn. »Ich kann mir nicht vorstellen, daß Glory Moon das Schiff in Gefahr bringen wird.«

»So?« Cluster schnaubte. »Vielleicht. Vielleicht aber auch nicht. Ich trage die Verantwortung für die NOVA STAR, und ich kann die Sicherheit von Schiff und Besatzung nicht von dem guten Willen einer Psychonautin abhängig machen, deren Loyalität einer herculeanischen Agentin gilt.

Dieses Raumschiff braucht einen neuen Pararaumpiloten. Ich dachte an Sie, Kospodin.«

Kospodin sah zum liegeähnlichen Spezialsitz der Psychonautin hinüber, der direkt vor dem großen Hauptbildschirm installiert war.

Bedächtig schüttelte er den Kopf. »Ich bin kein Psychonaut«, erinnerte er.

»Aber Sie sind Jetpilot – der beste, der jemals in der Flotte gedient hat«, sagte Cluster. »Ich habe Ihre Akte studiert. Ich weiß, daß Sie es schaffen können.«

»Es ist unmöglich, Admiral. Selbst auf den Interstar-Schiffen der Flotte wurden für die Pararaumnavigation grundsätzlich Psychonauten eingesetzt – und die Interstar-Schiffe waren wesentlich langsamer als die NOVA STAR.«

Cluster verengte die Augen. »Was ist, wenn wir die Leistung unseres dhrakanischen Paratriebwerks drosseln? Mit niedrigster Geschwindigkeit fliegen?«

»Wir würden das Risiko verringern«, entgegnete Kospodin, »aber nicht völlig ausschalten. Und wir würden Monate brauchen, um zum Sternenbund zurückzukehren.« Er lächelte freudlos. »Und dann? Was ist, wenn wir auf herculeanische Kriegsschiffe stoßen und in eine Raumschlacht verwickelt werden? Ohne Mentalsteuerung sind wir den Herculeanern nicht gewachsen.«

Cluster sah dumpf vor sich hin. »Mit anderen Worten – wir brauchen Glory Moon.«

»So ist es«, bestätigte Kospodin.

»In Ordnung.« Der Admiral straffte sich. »Sie können gehen. Aber halten Sie sich zur Verfügung.«

Kospodin salutierte, wandte sich ab und verließ die Zentrale. Cluster sah ihm nicht nach. Seine Augen waren starr auf den Hauptbildschirm gerichtet, wo die kosmischen Staubwolken das Licht der Sterne brachen, leuchtende Schleier vor dem schwarzen Hintergrund des Weltalls.

Resigniert gestand er sich ein, daß Kospodin recht hatte. Nur mit einem voll manövrierfähigen Raumschiff hatten sie eine Chance gegen die herculeanische Übermacht.

Er fluchte leise vor sich hin.

Diese verdammte Psychonautin!

Aber er würde sie schon zur Vernunft bringen und wenn er sie mit vorgehaltener Waffe zwingen mußte, die NOVA STAR zu den Welten des Sternenbundes zu steuern.

Es war Krieg.

Es war seine Pflicht, diesen Krieg ohne Rücksicht auf Verluste zu führen. Das Leben einzelner Menschen zählte nicht. Kein Preis war zu hoch, wenn es um die Freiheit eines ganzen Sternenreiches ging ...

Völlig erschöpft, mit Schürfwunden an Knien und Armen, die Muskeln vom langen, mühsamen Aufstieg durch den Klimaschacht verkrampft, hatte Flaming Bess das Kommandodeck erreicht und war ins System der Wartungstunnel vorgedrungen.

Keuchend lag sie in dem muffig riechenden Haupttunnel, der sich ringförmig um das Rechenzentrum in der Hecksektion erstreckte, und wartete, bis sich ihr donnernder Herzschlag wieder beruhigt hatte.

Sie horchte, doch bis auf das gedämpfte Rauschen der Luft im parallel laufenden Klimaschacht war alles still.

Weiter! dachte Bess.

Mit zusammengebissenen Zähnen kroch sie durch die düstere, staubige Röhre und erreichte schließlich einen vertikalen Schacht mit eingelassenen Metallsprossen. Sie kletterte nach oben und wandte sich in Richtung Bug, wo der Kabinengang und die Zentrale lagen.

Vor ihr, vielleicht zehn Meter entfernt, war ein Gitter im Boden eingelassen. Licht fiel herein und enthüllte Staub und ein verrostetes Werkzeug, das irgend jemand vor langer Zeit hier vergessen hatte. Sie hörte undeutliches Gemurmel, das Zischen eines sich öffnenden und wieder schließenden Schotts, näher kommende Schritte. So leise wie möglich kroch sie zum Gitter und spähte vorsichtig durch den Metallrost.

Unter ihr der Kabinengang, am Rand ihres Blickfelds das geschlossene Zentralschott, rechts und links die Türen zu den Kabinen der Crewmitglieder. Vor dem Zentralschott waren zwei Raumsoldaten postiert; ein dritter Mann – groß, kräftig, mit hellblonden Haaren – passierte soeben das Gangstück unter dem Gitter und entfernte sich in Richtung Aufzug – Calvin Kospodin.

Als Flaming Bess den Jetpiloten erkannte, spürte sie einen Stich im Herzen. Also stand auch Kospodin auf Clusters Seite! Sie war enttäuscht, aber im Grunde hatte sie nichts anderes erwartet. Sie wußte, daß die meisten Flottensoldaten an Bord wie der Admiral von der Befreiung des Sternenbundes träumten.

Flaming Bess konnte sie verstehen. Trotz allem, dachte sie, ist die Erde für die meisten Menschen dieser Zeit noch immer ein Mythos. Niemand kann mit Sicherheit sagen, was wir am Ende unserer Reise finden werden, und sie ziehen den Kampf gegen einen greifbaren Gegner diesem Flug ins Ungewisse vor. Was sie brauchen, sagte sich Flaming Bess, ist ein handfester Beweis dafür, daß die Erde noch existiert, daß sie mächtig genug ist, um die Herculeaner zu besiegen.

Kospodins Schritte verklangen.

Die beiden Soldaten vor dem Hauptschott nahmen ihre Unterhaltung wieder auf.

Flaming Bess nutzte die günstige Gelegenheit und robbte über das Gitter. Kurz dahinter fand sie eine Luke, durch die man in den parallel verlaufenden Klimaschacht gelangen konnte. Die Luke war nur mit einem einfachen Riegel gesichert. Sie löste den Riegel und öffnete die Klappe. Das leise Quietschen der Scharniere ging im Rauschen des Luftstroms unter.

Glory Moons Kabine lag am Ende des Gangs, unmittelbar vor dem Hauptschott. Bess war fast am Ziel – vorausgesetzt, ihre Vermutung stimmte und die Crewmitglieder waren tatsächlich im Kabinentrakt arretiert.

Sie kroch weiter.

Ein Lüftungsgitter. Eine quäkende Stimme: »Dieser Werkzeugcontainer benötigt dringend neue Werkzeuge. Informieren Sie bitte sofort den Technodienst.«

»Halt's Maul, Kiste«, fauchte eine andere Stimme. »Ich möchte wissen, wann du endlich begreifst, daß wir Gefangene sind. Gefangene bekommen keine Werkzeuge, kapiert?«

Bess äugte durch das Gitter in die spartanisch eingerichtete Kabine. Ein schlaksiger, wuschelhaariger Mann in einem schmutzig-grauen Overall saß im Schneidersitz auf dem Boden und starrte deprimiert vor sich hin, während ein schwarzer Kasten auf Rädern ruhelos um ihn herum rollte und nervös mit den Plastikarmen gestikulierte – Fortunato Stengel und sein Werkzeugcontainer.

Sie unterdrückte den Impuls, Stengel auf sich aufmerksam zu machen. Die Zeit war knapp; erst wenn sie mit Glory Moon gesprochen hatte, konnte sie sich um die anderen Crewmitglieder kümmern.

Lautlos setzte sie ihren Weg fort.

Die nächste Kabine gehörte Ken Katzenstein. Kein Licht fiel durch das Lüftungsgitter. Bess lauschte und vernahm leises Schnarchen – der Bordingenieur schlief.

Weiter!

Endlich erreichte sie die letzte Kabine. Der Raum unter dem Gitter war abgedunkelt; ein flauschiger weißer Teppich, weiße Sitzkissen, um einen einbeinigen ovalen Tisch gruppiert, an den Wänden farbenprächtige Gobelins, neben dem verglasten Durchgang zur Naßzelle ein schmales Bett.

Auf dem Bett lag Glory Moon, eine dunkelhäutige, zierliche Frau in einer weißen Montur. Ihre Augen waren geschlossen, ihr katzenhaft schönes Gesicht war entspannt. Die goldenen Neurokontakte an ihren Schläfen blitzten im gedämpften Licht der Deckenlampe, und als sie sich im Schlaf bewegte, wurde im Tal zwischen ihren Brüsten ein eigroßes Medaillon sichtbar. Wenn das dhrakanische Paratriebwerk in Betrieb war, glühte es von innen heraus und durchlief in kurzen Intervallen alle Farben des Spektrums, doch jetzt war es matt wie Milchglas.

Flaming Bess entriegelte das Lüftungsgitter, klappte es nach unten, zwängte sich durch die Öffnung und ließ sich fallen. Sie federte den Aufprall ab und verharrte horchend.

Nichts; nur Glory Moons regelmäßige Atemzüge.

Sie trat ans Bett und sah auf die schlafende Psychonautin hinunter.

Glory Moon hatte den Magnetverschluß ihrer Montur bis zum Bauchnabel geöffnet. Ihre festen Brüste hoben und senkten sich im Rhythmus ihrer Atemzüge, und halb amüsiert, halb verärgert spürte Bess, wie sich ihr Pulsschlag beschleunigte.

In diesem Moment schlug Glory Moon die Augen auf.

Sie hat nicht geschlafen, erkannte Bess. Sie hat nur so getan; sie wußte die ganze Zeit, daß ich hier bin und sie betrachte.

Der Gedanke verstärkte ihren Ärger.

Oder lag es daran, daß sie so heftig auf die körperlichen Reize der dunkelhäutigen Frau reagierte?

Glory Moon verzog die Lippen zu einem angedeuteten Lächeln. Ihre rechte Hand glitt über ihren flachen, straffen Bauch, streifte die linke Brust und schloß sich um das Medaillon. Sie wirkte nicht im mindesten überrascht; es war, als hätte sie Bess erwartet.

»Auf meiner Heimatwelt Kharaman«, flüsterte die Psychonautin, »sagt man, daß Blicke so leidenschaftlich sein können wie eine körperliche Berührung ...«

»Und auf der Erde sagt man, irren ist menschlich«, gab Flaming Bess trocken zurück.

Glory Moon setzte sich aufrecht hin und schloß mit einem feinen Seufzer ihre Montur. »Ich nehme an, du bist nicht ausgebrochen, um mich mit der Weisheit der alten Erde zu erleuchten.«

»In der Tat«, bestätigte Bess. »Ich dachte mir, daß es allmählich Zeit wird, Admiral Cluster zu stoppen. Außerdem wurde es mir unten in der SD-Zelle zu langweilig.«

»Über Langeweile kann ich nicht klagen.« Glory Moon seufzte erneut. »Cluster hat gedroht, Vira Mandala erschießen zu lassen, wenn ich mich weiter weigere, seinen Befehlen zu gehorchen. Er will, daß ich die NOVA STAR zurück zum Sternenbund steuere. Ich habe ihm gesagt, daß ich nur von dir Befehle entgegennehme, aber in zwei Stunden läuft die Frist ab, die er mir gesetzt hat, und dann ...«

Flaming Bess lächelte kalt. »Keine Sorge. In zwei Stunden wird Cluster niemand mehr drohen können. Hör zu, ich habe mir folgendes gedacht ...«

Mit leiser Stimme setzte sie Glory Moon ihren Plan auseinander.

3

»Ich bin froh, daß Sie endlich zur Vernunft gekommen sind«, sagte Raumadmiral Cluster. Ein knapper Wink, und die beiden Soldaten, die Glory Moon in die Zentrale eskortiert hatten, wandten sich ab und kehrten auf ihren Posten auf dem Kabinengang zurück. »Sie sind also bereit, sich vorbehaltlos meinem Kommando zu unterstellen?«

Die Psychonautin maß ihn mit einem kühlen Blick. »Ich schätze, ich habe keine andere Wahl, oder?«

»Nein.« Cluster stand auf; er überragte die zierliche Frau um zwei Köpfe, und er schien es zu genießen, auf sie herabzuschauen. »Und damit Sie nicht auf dumme Gedanken kommen, bleiben Ihre Freunde von der Crew weiter in Haft.«

»Sie trauen mir nicht«, stellte Glory Moon nüchtern fest.

»Ich wäre ein Narr, wenn ich Ihnen trauen würde.« Cluster stieß ein bellendes Gelächter aus. »Ich bin in der gleichen Situation wie Sie. Auch ich habe keine andere Wahl, als mit Ihnen zusammenzuarbeiten. Wir sind aufeinander angewiesen – und der Gedanke gefällt mir ganz und gar nicht.«

»Ich bin sicher, daß der Gedanke mir noch weniger gefällt als Ihnen«, versetzte die Psychonautin.

»Sie sollten mir eigentlich dankbar sein«, knurrte Cluster. »Bei allen Sternen, die Herculeaner haben Ihre Heimatwelt zerstört! Kharaman ist nur noch ein Trümmerring! Ich gebe Ihnen die Möglichkeit, sich an den Mördern Ihres Volkes zu rächen – bedeutet Ihnen das denn nichts?«

»Rache macht die Toten nicht lebendig«, sagte Glory Moon. »Was wollen Sie, Cluster? Noch mehr Gräber?«

»Es geht nicht darum, was ich will.« Der Admiral sprach leise, wie zu sich selbst. »In diesem gewaltigen Ringen, dessen Ausgang über die Zukunft der menschlichen Rasse entscheiden wird, sind die Gefühle Einzelner ohne Bedeutung. In den Jahren des Exils auf Terminus habe ich Tag und Nacht an Rache gedacht. Rache für die Toten von Gronderhud, für die brennenden Städte von Dragensteyn, für all die Millionen und Abermillionen Menschen, die in Kriegsherr Kroms Selektionslagern dahinvegetieren. Die Rache treibt mich an, doch die Rache ist nicht mein eigentliches Motiv.«

Ein Glitzern trat in die kalten Augen des Admirals.

»Ich habe eine Mission zu erfüllen«, sagte er laut, bestimmt, mehr zu den Raumsoldaten in der Zentrale als zu Glory Moon. »Die Vorsehung hat mich auserwählt, die Welten des Sternenbundes von der herculeanischen Tyrannei zu befreien. Wir befinden uns in einer verzweifelten Situation, aber die Verzweiflung gibt uns die Kraft, das Unmögliche zu vollbringen. Vor uns liegen tödliche Gefahren, blutige Kämpfe,

Tränen und Not, doch der Tod schreckt uns nicht. Wenn wir sterben, dann auf dem Feld der Ehre und für eine Sache, die jedes Opfer lohnt. Wir werden siegen, so oder so, denn wir haben bereits alles verloren, was uns lieb und teuer war. Wir können nur noch gewinnen.«

Die Psychonautin sah ihn spöttisch an. »Sie sind ein alter Mann, Cluster, deshalb können Sie so geringschätzig vom Sterben und vom Tod sprechen. Aber was ist mit den jungen Männern und Frauen an Bord, mit den Kindern? Fragen Sie die Flüchtlinge, was sie von Ihren Kriegsplänen halten! Diese Menschen wollen leben und sich nicht in Ihrem privaten Rachefeldzug verheizen lassen.«

»Sie sind eine Frau«, erwiderte Cluster verächtlich. »Sie können nicht verstehen, was die Ehre für einen Mann bedeutet.«

»Die Ehre«, wiederholte die Psychonautin. »Ka könnte Ihnen einiges über die Ehre erzählen. Er und die anderen Clansmänner von Clansholm haben die Ehre stets über ihr Leben gestellt. Und was ist aus dem Clan geworden? Bis auf Ka sind alle Clansmänner im Kampf gegen die Herculeaner gefallen.«

»Hätten sie fliehen sollen?« brauste Cluster auf. »Feige vor dem Feind davonlaufen?«

»Sie sind ebenfalls geflohen, Admiral«, erinnerte Glory Moon. »Wir alle hier an Bord der NOVA STAR sind Flüchtlinge.«

Cluster funkelte sie an. »Das reicht!« sagte er schroff. »Genug geredet! Genug Zeit verschwendet!«

Er deutete auf den liegeähnlichen Pilotensitz.

»Gehen Sie an Ihren Platz«, befahl er. »Sofort.«

Mit einem Achselzucken kam Glory Moon dem Befehl nach. Von Cluster voller Mißtrauen beobachtet, ließ sie sich auf dem Spezialsitz nieder und befestigte die Neurokabel des Mentalsteuerungssystems an ihren Schläfen- und Nackenimplantaten.

Der Admiral nahm seinen Platz hinter dem Kommandantenpult ein und betätigte einige Sensorschaltungen. Nur wenige Momente später trafen von den Bedienungsmannschaften im Rechenzentrum und im Maschinendeck die Klarmeldungen ein.

Er warf Glory Moon einen kurzen Blick zu. »Fertig?«

Die Psychonautin antwortete nicht. Ausgestreckt, mit geschlossenen Augen, das Gesicht zur Maske der Paratrance erstarrt, lag sie in ihrem Spezialsitz. Doch nur ihr Körper war in der Zentrale; ihr Geist war mit dem KI-Computersystem und dem weitverzweigten elektronischen Netzwerk des Schiffes verschmolzen.

Glory Moon sah mit Kameraaugen und hörte mit Mikrofonohren; sie fühlte mit Wärme- und Strahlensensoren, mit Ultraschalldetektoren und Lasermeßgeräten, sie war eins mit dem Schiff, das Schiff war ihr Körper.

Das war es, was einen Psychonauten von einem normalen Piloten unterschied: Denken und Handeln waren identisch. Der Pilot wurde zum Schiff, und das Schiff zu seinem Körper.

Niemand konnte so schnell reagieren wie ein Psychonaut.

Plötzlich leuchteten an den Schaltwänden der Galerie Dutzende von Dioden auf. Displays flackerten, Bildschirme wurden hell. Dann ein Knacken in den verborgenen Deckenlautsprechern.

»Mentalkontrolle übernommen«, meldete Glory Moon.

Cluster entspannte sich. Einen Augenblick lang hatte er befürchtet, daß Moon ihre Macht über das Raumschiff mißbrauchen würde, um ihn und seine

Leute auszuschalten. Er war ein kalkuliertes Risiko eingegangen, aber wie es schien, hatte die Psychonautin ihre Lektion gelernt.

Sie weiß, daß ich sie erschießen werde, wenn sie Dummheiten macht, dachte Cluster befriedigt.

Er räusperte sich. »Wie lange brauchen Sie, um den Transit in den Pararaum einzuleiten?«

»Wir können mit dem Transitmanöver sofort beginnen.«

»Worauf warten Sie dann noch?« knurrte Cluster. »Sie kennen unser Ziel. Nehmen Sie Kurs auf die Inneren Welten!«

»Kurs auf die Inneren Welten«, bestätigte die elektronisch erzeugte Stimme der Psychonautin.

Weitere Dioden flammten auf. An den von Raumsoldaten besetzten Kontrollpulten huschten Schriftzeichen und Zahlen über Kleinbildschirme. Auf dem großen Hauptbildschirm erschienen konzentrische rote Kreise.

»Check Paratriebwerk«, sagte Glory Moon.

Der Soldat am Terminal des Bordingenieurs berührte eine Sensortaste.

»Check Paratriebwerk – positiv«, meldete er.

Auf dem Hauptmonitor wechselte der innerste der konzentrischen Kreise die Farbe; aus Rot wurde Grün.

»Check Energieversorgung«, drang es aus den Deckenlautsprechern.

Die Bestätigung von den Kontrollpulten erfolgte prompt. »Check Energieversorgung – positiv.«

Wieder wurde einer der roten Kreise grün. In der gleichen Sekunde erwachten unten in den Maschinendecks die Fusionsreaktoren zum Leben. Gewaltige Energiemengen wurden erzeugt und in das dhrakanische Paratriebwerk gespeist. Das Schiff begann sacht zu Vibrieren. Weitere Reaktoren nahmen die Arbeit auf. Die Vibrationen wurden stärker.

»Check Navigationssystem.«

»Check Navigationssystem – positiv.«

»Check Kurskoordinaten.«

»Check Kurskoordinaten – positiv.«

Während das monotone Ritual des Checks ablief, lehnte sich Admiral Cluster in seinem Servosessel zurück. Er konnte jetzt nichts mehr tun. Die Minuten vor dem Transit gehörten der Psychonautin.

Er schloß die Augen.

Er hatte erreicht, was er erreichen wollte – die NOVA STAR stand unter seinem Kommando und schickte sich an, zu den Welten des Sternenbundes zurückzukehren, um die Herculeaner zu vertreiben und die Gefangenen aus den Menschenlagern zu befreien. Wie oft hatte er von diesem Moment geträumt; wie sehr hatte er ihn herbeigesehnt!

Aber jetzt, in der Stunde seines Triumphes, spürte er nichts weiter als eine große Müdigkeit – und eine vage Unruhe, die Ahnung drohenden Unheils.

Verärgert öffnete Cluster wieder die Augen. Auf dem Hauptbildschirm wechselte der letzte der konzentrischen Kreise von Rot zu Grün.

»Check abgeschlossen«, meldete Glory Moon. »Transit in den Pararaum in sechzig Sekunden. Countdown läuft.«

Das Lärmen der Fusionsmeiler wurde lauter. Immer heftigere Vibrationen erschütterten die Schiffszelle.

Und Clusters Unruhe nahm zu.

Plötzlich wurde ihm klar, wer für sein Unbehagen verantwortlich war.

Flaming Bess, dachte er. Sie ist meine Gefangene, ihre Anhänger sind inhaftiert oder haben – wie

Glory Moon – den Widerstand aufgegeben, aber trotzdem hat die alte Kommandantin noch eine geheimnisvolle Macht über das Schiff, die Flüchtlinge, sogar über mich. Flaming Bess ist wie ein Alpdruck. Solange sie lebt, wird dieser Alpdruck anhalten.

Es wird keinen Prozeß geben, entschied Cluster. Diese Frau ist viel zu gefährlich, als daß man ihr die Gelegenheit geben darf, sich vor Gericht zu rechtfertigen. Selbst wenn ich in ihrem Hochverratsprozeß den Vorsitz führe und die Schöffen sorgfältig auswähle – sie wird sich irgendeinen Trick ausdenken, um den Prozeß zu sabotieren. Flaming Bess war in der Schattenwelt, die Herculeaner haben sie präpariert ... und ich weiß, wie teuflisch geschickt Kriegsherr Kroms Spezialisten sind.

Flaming Bess muß sterben – ohne Prozeß.

Der alte Admiral nickte bedächtig. Erst wenn dieses Problem gelöst war, konnte er sich an die Bewältigung der großen Aufgabe machen, die vor ihm lag.

Nach dem Transit, dachte Cluster. Sobald sich das Schiff im Pararaum befindet ...

»Transit in zehn Sekunden«, gab Glory Moon bekannt.

Der Countdown lief ab. Der Maschinenlärm steigerte sich noch, und plötzlich setzte das herzschlagähnliche Wummern des dhrakanischen Paratriebwerks ein.

Auf dem großen Sichtschirm verschwammen die kosmischen Gas- und Staubwolken hinter einem farbenprächtigen Flimmern.

Die Farben gewannen an Leuchtkraft, während der Herzschlag des Paratriebwerks lauter und lauter wurde.

»Transit!«

Die NOVA STAR verschwand aus dem normalen Universum und tauchte in die unbegreifliche Dimension des Pararaums ein.

Sie war Glory Moon, ein Mensch, eine Tochter des Matriarchats von Kharaman, ein Wesen aus Fleisch und Blut – und gleichzeitig war sie ein stählerner Koloß, ein hundertzehn Meter hohes und bis zu fünfhundert Metern durchmessendes Raumschiff, das sich mit unvorstellbar hoher Geschwindigkeit durch den Pararaum bewegte.

Sie spürte das Pulsieren der fremden Dimension als brutale, wiederkehrende Erschütterung ihres Geistes, als Gedankenbeben, das ihr Bewußtsein zu zertrümmern drohte.

Sie kannte die Gefahr.

Sie hatte gelernt, mit ihr fertigzuwerden.

Das Netzwerk der Bordelektronik mit seinen streng logisch angelegten Verästelungen, den übersichtlichen Informationsstraßen und den vielfältigen Rückkoppelungsmechanismen bot genügend Halt und Schutz. Aus den Datenspeichern des KI-Bordcomputers mit seiner erschöpfenden Vielfalt an Expertensystemen und Schlußfolgerungskomponenten bezog sie das Wissen und die superintellektuellen Fähigkeiten, die allein eine Orientierung im Pararaum ermöglichten.

Für menschliche Augen war die Paradimension ein Meer pulsierender Farben, ein kosmischer Regenbogen, der sich laufend veränderte, ein fortwährender Schöpfungsakt in Technicolor. Doch für die Augen des Raumschiffes war jede Farbe ein Informationspool mit lebenswichtigen Daten für die Berechnung des Kurses, die Fortsetzung des Fluges, die Einleitung von Ausweichmanövern.

Es gab Wirbelstürme im Farbenmeer, die das Schiff zerstören konnten; Strudel, aus denen es kein Entkommen gab;

Riffe, Untiefen, ausgedehnte Orkanzonen, tödlich für jedes Objekt, das sich in sie hineinwagte.

Eins mit dem kalten Stahl der NOVA STAR, eins mit dem wummernden Herzschlag des dhrakanischen Paratriebwerks, durchpflügte Glory Moon die Wogen des Farbenmeers. Sie wich den Riffen aus, mied die tückischen Untiefen und Strudel und veränderte den Kurs, sobald sich am imaginären Horizont die düsteren, brodelnden Wolken eines Parasturms zeigten.

All ihre Sinne waren gespannt.

Sie durfte keinen Fehler machen.

Ihr erster Fehler würde ihr letzter sein, und wie so manches unglückliche Interstar-Schiff der Inneren Welten würde die NOVA STAR im Ozean der Farben untergehen.

Mit mehr als hunderttausendfacher Lichtgeschwindigkeit raste die NOVA STAR dahin – der unsichtbaren Grenze des dhrakanischen Reiches entgegen, zu den sternenarmen Regionen der Milchstraße, erdwärts, immer weiter erdwärts ... Admiral Cluster glaubte, daß das Schiff Kurs auf die Inneren Welten genommen hatte, am Rande des galaktischen Kerns, und er würde seinen Irrtum erst erkennen, wenn das Raumschiff in den normalen Weltraum zurückkehrte. Solange es sich in der Paradimension befand, gab es für ihn keine Möglichkeit, den Kurs zu überwachen.

Die Täuschung war Teil von Flaming Bess' Plan.

Der alte Admiral mußte sich in Sicherheit wiegen. Er mußte triumphieren, damit Glory Moon ungestört den zweiten Teil des Plans durchführen konnte.

Während die Psychonautin mit einem kurzen Gedankenimpuls die Reservemeiler hochschaltete, die Energiezufuhr zum Paratriebwerk erhöhte, die Geschwindigkeit des Schiffes verdoppelte; während sie mit wachen Sinnen die fremde Dimension durchforschte und nach Gefahren Ausschau hielt, kehrte sich ein Teil ihres Bewußtseins nach innen.

Es war riskant, bei einem Flug durchs Unbekannte die

Aufmerksamkeit zu splitten. Doch sie konnte nicht warten, bis das Schiff in ruhiges Fahrwasser geriet, in eine jener Regionen, wo sich das Farbenmeer glatt wie die Palette eines kosmischen Malers in die Unendlichkeit dehnte. Die Zeit drängte. Clusters Herrschaft über die NOVA STAR mußte gebrochen werden.

Alles hing davon ab, daß Glory Moon schnell und entschlossen handelte.

Sie öffnete ihr Bewußtsein.

Die überall an Bord installierten Videokameras wurden zu ihren Augen, die Mikrofone zu ihren Ohren, das Interkomnetz verwandelte sich in einen Teil ihres Nervensystems. Kaleidoskopartig wirbelten Bilder, Töne, Informationen durch ihr Bewußtsein.

Sie sah die Zentrale, den Kabinengang, das Rechenzentrum, die Orangerie; sie sah die Korridore, Kantinen, Gartenanlagen und Lagerräume der Flüchtlingsdecks, den Kontrollraum im 1. OD, den Zellentrakt des Sicherheitsdienstes, die Metallröhren der peripheren und zentralen Liftschächte; sie sah die Maschinensäle, die Fusionsmeiler, die Umformerblöcke und Triebwerksanlagen in den Unterdecks; sie sah die Schleusenkammern, die Beiboothangars, den wuchtigen Zylinder des dhrakanischen Paragenerators, der in den gleichen Regenbogenfarben pulsierte wie die fremde Dimension jenseits der schimmernden Schiffswandung.

Sie sah die erleichterten, freudestrahlen Gesichter der Raumsoldaten in der Zentrale, Clusters grimmig-triumphierende Miene; die Wachtposten im Kabinengang; einen Flottenkybernetiker, der sich kopfschüttelnd über einen der neu installierten Gigabyte-Speicher im Rechenzentrum beugte; die Patrouillen in den Korridoren der Flüchtlingsdecks; Stabsoffizier Zerkonnien auf dem Weg zum SD-Trakt; Donnister Gorram, wie er die Posten vor den Zellen inspizierte; düster dreinblickende Techniker vor den Schalt-

wänden der Maschinenkontrollen; empörte Flüchtlinge, die von bewaffneten Soldaten am Verlassen der Kabinensektionen gehindert wurden …

Jeder normale Mensch wäre von den Bilderfluten überwältigt worden, doch in der Paratrance standen Glory Moon die Rechen- und Speicherkapazitäten des KI-Computersystems zur Verfügung, um die erdrückenden Informationsmengen zu verarbeiten.

Nach wenigen Sekunden hatte sie sich einen Überblick über die Situation an Bord verschafft.

Zwei Millisekunden später hatte der KI-Computer die Lage analysiert.

In der dritten Millisekunde begann Glory Moon zu handeln …

Mitteldeck, Bugsektion: eine halbdunkle Halle, Maschinenblöcke, von schmalen Gängen getrennt, hier und da säulenförmige Schaltkonsolen; am Ende der Halle die schimmernde Metallröhre eines peripheren Aufzugs. Zwei Soldaten bewegten sich durch das Labyrinth der Maschinengänge in Richtung Lift. Sie waren mit Schockern bewaffnet; einer von ihnen trug einen Infrarotdetektor. Eine Patrouille, die routinemäßig die Bugsektion kontrollierte. Die Männer schwiegen; das dröhnende, herzschlagähnliche Wummern des Paratriebwerks machte eine Unterhaltung unmöglich. Sie erreichten den Schacht, ohne auf die über dem Zustieg installierte Videokamera zu achten. Einer von ihnen drückte den Rufknopf. Der Aufzug kam, die Soldaten betraten die gläserne Kabine, der Zustieg schloß sich. Mit einem sanften Ruck setzte sich die Kabine in Bewegung. Wieder ein Ruck, die Kabine stoppte. Einer der Soldaten fluchte, machte sich an der Schalttafel zu schaffen, betätigte schließlich den Alarmknopf. Nichts. Sie sahen sich an. Gefangen. Sie wußten nicht, daß Glory Moon mit einem kurzen Gedankenimpuls den Aufzug lahmgelegt hatte.

1. Oberdeck, Zentralsektion: ein breiter Korridor, der den Kabinentrakt im Bug mit der Kantine verband. In der Mitte des Korridors die Dichtungswülste eines Druckschotts, das sich bei einem Leck automatisch schließen würde. Der vierschrötige, kahlköpfige Offizier, der den Gang mit raschen Schritten durchmaß, befürchtete keinen Druckverlust. Arglos hob er den Fuß, um über den armdicken Dichtungswulst am Boden hinwegzusteigen. Das niedersausende Stahlschott schmetterte ihn zu Boden. Betäubt blieb er liegen. Er wußte nicht, daß Glory Moon die Schottverriegelung gelöst hatte. Als er wieder zu sich kam, war er zwischen dem Dichtungswulst und der massiven Stahlplatte eingeklemmt. Normalerweise hätte ihn die Platte zerquetschen müssen, doch Glory Moon hatte sie rechtzeitig gestoppt.

1. Oberdeck, SD-Trakt: Donnister Gorram kehrte nach der Inspektion der Wachen in sein Büro zurück, das am Ende des Zellengangs lag. Die Wände waren mit Bildschirmen bedeckt, ein hellgrüner Teppich dämpfte die Schritte, die Einrichtung bestand aus einem wuchtigen Metallschreibtisch und zwei Sesseln. Bis auf ein Computerterminal war die Tischplatte leer. Gorram kam sich wie ein Eindringling vor, als er sich setzte; das Büro gehörte Muller McLasky, doch der SD-Chef hatte es gegen eine der Zellen entlang des Gangs eintauschen müssen. Er dachte an Flaming Bess, die am anderen Ende des Korridors auf ihren Kriegsgerichtsprozeß wartete,

und an Stabsoffizier Zerkonnien, der jede Minute eintreffen mußte. Gorram hatte ein ungutes Gefühl. Er wünschte, Cluster hätte einen anderen Offizier zum kommissarischen SD-Chef ernannt ... Plötzlich erlosch das Licht. Er stieß einen Fluch aus und tastete in der Dunkelheit nach dem Interkomschalter des Terminals. Das Terminal funktionierte nicht. Fluchend stand Gorram auf, umrundete den Schreibtisch, stieß gegen den Besuchersessel und erreichte endlich die Tür. Die Tür hätte sich automatisch öffnen müssen, doch sie rührte sich nicht. Vom Gang drangen verwirrte Rufe. Gorram lauschte. Plötzlich hatte er Angst. Dann hörte er das Zischen, und ein süßlicher Geruch stieg ihm in die Nase. Gas! dachte er entsetzt. Irgend jemand hat das Verteidigungssystem des SD-Traktes aktiviert ...! Dann verlor er das Bewußtsein. Und so wie Gorram erging es allen, die sich im SD-Trakt aufhielten. Keiner von ihnen ahnte, daß Glory Moon mit einem Gedankenimpuls den Trakt abgeschottet und mit Betäubungsgas geflutet hatte.

Ähnliche Szenen spielten sich in allen Decks der NOVA STAR ab. Glory Moon wußte, daß die Zeit knapp war, und sie handelte schnell, schlug an vielen Orten zugleich zu. Sie legte die Energieversorgung des Flottenkontrollraums im 1. OD lahm, und der Raum verwandelte sich in ein finsteres Verlies, aus dem es für Clusters Stabsoffiziere kein Entkommen gab. Sie sperrte die Soldaten in ihren Unterkünften ein, hielt sie in den Liftkabinen fest, setzte sie zwischen niederrasselnden Druckschotts gefangen.

Die Soldaten hatten keine Chance. Ahnungslos tappten sie in die Fallen, und wenn sie bemerkten, was vor sich ging, war es bereits zu spät. Hier und dort gab es Versuche, über Interkom die Zentrale zu alarmieren, doch die Psycho-

nautin hatte alle Verbindungen zum Kommandodeck unterbrochen. Der ganze Vorgang dauerte nur wenige Minuten. Dann war das Schiff bis zum 6. Oberdeck befreit.

Aber noch war die Zentrale in Clusters Hand.

Glory Moon wandte ihre Aufmerksamkeit dem Kabinengang des Kommandodecks zu. Die installierten Videokameras zeigten ihr den leeren, hell erleuchteten Korridor mit dem Hauptaufzug am einen und dem Zentralschott am anderen Ende, die luv- und leewärts führenden Seitengänge, die verschlossenen Kabinentüren, hinter denen Ken Katzenstein, Fortunato Stengel, Vira Mandala, Ka und Jasper »Chip« Chipansky gefangen waren. Vor dem Zentralschott hielten zwei Raumsoldaten Wache. Von Flaming Bess war nichts zu sehen, aber Glory Moon wußte, daß sie in der Zwischenzeit die Crew informiert hatte und im Wartungsschacht über dem Korridor auf ihren Einsatz wartete. Sie gab das vereinbarte Signal ...

Als das Licht im Kabinengang kurz flackerte, wußte Flaming Bess, daß der entscheidende Moment gekommen war. Sie spähte durch das Bodengitter des Wartungsschachts zu den beiden Raumsoldaten hinüber, die gelangweilt vor dem Zentralschott Wache hielten. Das Flackern schien sie nicht weiter zu beunruhigen; einer von ihnen sagte etwas – unhörbar im Dröhnen der Fusionsmeiler, im wummernden Herzschlag des Paratriebwerks – und der andere lachte.

Behutsam löste Bess die Verriegelung des Gitters. Das metallische Klicken ging im Maschinenlärm unter. Sie wartete, und als das Licht erneut flackerte, spannte sie die Muskeln und umklammerte mit beiden Händen den Metallrost.

Gleich mußte es soweit sein ...

Schlagartig erlosch das Licht. Finsternis senkte sich über den Kabinengang.

Flaming Bess wuchtete das Gitter zur Seite, zwängte sich durch die Öffnung und ließ sich fallen. Geschmeidig federte sie den Aufprall ab und huschte durch den dunklen Gang zum Zentralschott.

Plötzlich, ganz nah, eine ärgerliche Stimme. »Verdammt, warum funktioniert die Notbeleuchtung nicht? Man sieht ja nicht einmal mehr die Hand vor Augen! He, Korp, wie lange brauchst du denn, um das verdammte Schott zu öffnen?«

Bess verharrte.

Sie streckte die Hand aus und berührte rauhen Uniformstoff.

»Korp? Bist du das, Korp?« Die Stimme klang jetzt beunruhigt.

Aus der Dunkelheit drang eine andere Stimme. »Das Schott ist blockiert, Grinny. Hörst du? Das verfluchte Schott läßt sich nicht öffnen!«

»Aber ...« Der Soldat namens Grinny atmete scharf ein. Ihm begann zu dämmern, daß sich außer ihm und Korp noch jemand im Kabinengang aufhielt. »He«, sagte er im besorgten Tonfall, »entweder spinne ich, oder jemand schleicht hier im Finstern herum ...«

Flaming Bess lächelte ironisch. Wie recht du hast, dachte sie.

»Red' keinen Unsinn, Grinny«, fauchte der andere Soldat. »Hilf mir lieber, das Schott aufzubekommen.«

»Hier ist jemand«, beharrte Grinny. »Ich ...«

Bess' Handkantenschlag traf ihn am Hals. Gurgelnd verstummte er, dann ein dumpfer Aufprall, halb vom Maschinenlärm verschluckt.

»Grinny?« rief der andere Soldat. »Was ist los?«

Schritte. Flaming Bess duckte sich. Die Schritte

kamen näher, stockten. Mit einem entsetzten Schrei stolperte Korp über den Körper seines bewußtlosen Kollegen und prallte gegen Flaming Bess.

»Grinny?« stieß er furchtsam hervor.

»April, April«, sagte Flaming Bess, packte ihn am Schopf und schmetterte ihm die Handkante gegen die Schläfe.

Der Soldat erschlaffte und brach zusammen.

Bess trat zurück. »Glory Moon?« rief sie in die Dunkelheit. »Hörst du mich?«

Im nächsten Moment flammte das Licht wieder auf. »Gratuliere«, drang Glory Moons synthetisch erzeugte Stimme aus den Deckenlautsprechern. »Das liebe ich an dir, Bess – selbst in der Hitze des Gefechts verlierst du nie deinen Humor.«

Flaming Bess bückte sich und nahm den bewußtlosen Soldaten die Schocker ab. »Wie sieht es in den unteren Decks aus?«

»Clusters Leute sind mattgesetzt«, erklärte Glory Moon.

»Und in der Zentrale?«

»Noch hat Cluster keinen Verdacht geschöpft, aber er wird bereits unruhig, weil er keine Interkomverbindung zum Stabsraum bekommt ...«

Flaming Bess deutete auf die verschlossenen Kabinentüren. »Dann wird es Zeit, daß du unsere Freunde befreist.«

Die Psychonautin antwortete nicht, doch einen Moment später glitten die Türen zur Seite. Kampfbereit stürzte Ka auf den Gang – und blieb abrupt stehen, als er zu Flaming Bess' Füßen die beiden bewußtlosen Soldaten sah. Ein enttäuschter Ausdruck erschien auf seinem narbigen Gesicht.

Ken Katzenstein tauchte einen Moment später im Türrahmen seiner Kabine auf. Er trug ein elegantes weißes Jackett, ein schwarzes, dezent besticktes Hemd, eine weiße Hose mit rasiermesserscharfen Bügelfalten, glänzend polierte Gamaschenschuhe und ein seidenes Halstuch. Er ignorierte Bess' verblüfften Blick und drehte sich mit einem weltmännischen Lächeln zu Vira Mandala um, der vollbusigen, blonden Mediacontrolerin, die in einem hautengen Kleid aus schimmerndem Silbergespinst und auf hochhackigen Schuhen aus ihrer Kabine gestöckelt kam.

Galant bot ihr der Bordingenieur seinen Arm an.

»Vira und ich«, wandte er sich beiläufig an Flaming Bess, »werden in der Orangerie alles für die Siegesfeier vorbereiten. In einer halben Stunde treffen wir uns oben unter der Kuppel – bis dahin wirst du Cluster doch erledigt haben, oder? Also enttäusche uns nicht!«

Er winkte lässig und stolzierte mit Vira Mandala davon.

»Jetzt ist Katz völlig verrückt geworden«, stellte Fortunato Stengel fest. Der schlaksige, wuschelhaarige Techniker sah den beiden kopfschüttelnd nach, während sich sein Werkzeugcontainer an ihm vorbeizwängte und händeringend auf die bewußtlosen Soldaten zurollte.

»Dieser Container benötigt dringend neue Werkzeuge!« quäkte die Kiste. Einer der Soldaten stöhnte und bewegte sich. Die Kiste stieß ihm einen Plastikfinger in die Rippen. »Achtung, Achtung! Dies ist ein Notfall!«

»Eher ein Fall für den Schrottplatz«, kommentierte Jasper »Chip« Chipansky, der Chefkybernetiker der NOVA STAR, und schüttelte sein wallendes, blau und orange gefärbtes Haupthaar. »Oder für Grishnu.«

Stengel sah ihn beleidigt an. »Die Kiste ist nur ein wenig durcheinander, das ist alles. Sie ist eben sehr sensibel; sie haßt es, eingesperrt zu sein. Ich ...«

»Schluß«, unterbrach Flaming Bess. »Fortunato, Chip – ihr kümmert euch um den Flottenkybernetiker im Rechenzentrum. Rasch!«

Chipansky nickte und eilte mit Stengel davon, dicht gefolgt von der aufgeregt gestikulierenden Kiste. Ka zerrte die beiden bewußtlosen Soldaten in eine leerstehende Kabine und verriegelte die Tür. Bess warf ihm einen Schocker zu, und er fing die Waffe geschickt auf.

»Fertig, Ka?«

Der Clansmann trat mit einem düsteren Lächeln vor das Zentralschott. »Fertig.« Er entsicherte den Schocker.

Flaming Bess atmete tief durch. »Glory?«

»Ich bin bereit«, drang es aus den Lautsprechern.

Bess hob ihre Waffe und wechselte einen kurzen Blick mit Ka. In den grauen Augen des Clansmanns sah sie ein Echo ihrer eigenen Gedanken. Sie mußten schnell handeln, um Glory Moon nicht zu gefährden. Cluster und seine Leute durften keine Gelegenheit erhalten, die Psychonautin als Geisel zu nehmen.

»Jetzt!« sagte Flaming Bess.

Die Schotthälften glitten zischend auseinander. Vor ihnen die Zentrale: die Galerie, die stufenartig abfallenden Ebenen mit den einzelnen Kontrollpulten, auf der Grundebene, vor dem Hauptbildschirm, der Spezialsitz der Psychonautin. Die Aufmerksamkeit der Soldaten an den Pulten war auf den Großmonitor gerichtet; Admiral Cluster saß über sein Terminal gebeugt und hantierte an den Schaltungen.

Flaming Bess und Ka waren bereits auf der Galerie, als sich einer der Soldaten umdrehte. Sein Gesicht verzerrte sich, und er setzte zu einem Warnruf an, doch mit einem leisen Singen entlud sich Kas Schokker. Gelähmt rutschte der Soldat von seinem Sitz.

Ein anderer Soldat griff nach seinem Waffenholster. Bess riß ihren Schocker hoch und schoß. Kas Waffe sang noch immer.

Sekunden später waren alle von Clusters Leuten betäubt. Der alte Admiral kam halb hinter seinem Kontrollpult hoch, totenbleich, ein wildes, verzweifeltes Funkeln in den Augen. Er gab unartikulierte Laute von sich. Wie eine Erscheinung starrte er Flaming Bess an.

»Aber.. wieso ...«, stammelte er, »wie ist das möglich?«

Sein flackernder Blick wanderte zu Ka, dann ruckte sein Kopf zu Glory Moon herum.

Cluster verstand.

Er schrie auf. Plötzlich hielt er eine Energiepistole in der Hand.

»Vorsicht!« stieß Ka hervor.

Sein Schocker sang, aber der Admiral hatte sich instinktiv zur Seite geworfen. Sein Strahler kam hoch. Ein blendend heller Energieblitz zuckte aus dem Lauf, und aus den Bordlautsprechern drang Glory Moons gellender Schmerzensschrei. Im gleichen Moment wurde Cluster von Bess' Schockstrahl voll getroffen.

Schwer stürzte er zu Boden.

»Glory!« rief Flaming Bess. Mit einigen großen Sprüngen war sie bei der Psychonautin und kniete neben ihr nieder. »Verdammt!« Der Energiestrahl hatte Glory Moons linken Oberschenkel gestreift und den Stoff ihrer weißen Montur verkohlt. Blasig verbrannte Haut lag bloß.

»Nur ... ein Kratzer«, erklang ihre verzerrte Lautsprecherstimme. »Alles in Ordnung, Bess.«

Flaming Bess strich ihr sanft über die schweißbedeckte Stirn. »Tut mir leid, Glory«, sagte sie leise. »Ich hatte nicht damit gerechnet, daß Cluster so weit gehen würde.«

Ka trat an ihre Seite. Kalt sah er auf den reglosen Körper des Admirals hinunter. »Er wird dafür bezahlen«, sagte der Clansmann. Sein Narbengesicht war ausdruckslos wie immer, doch sein Tonfall ließ Flaming Bess frösteln.

Sie richtete sich auf. »Cluster bekommt einen fairen Prozeß«, erklärte sie warnend.

Der Clansmann hob langsam den Kopf. »Er wird dafür bezahlen«, wiederholte er grimmig. Dann wandte er sich zum Kommandantenpult, um Dr. Go über Interkom in die Zentrale zu rufen.

Flaming Bess seufzte und berührte Glory Moon leicht an der Schulter. »Wir brechen den Paraflug ab, Glory, damit sich Dr. Go um deine Verletzung kümmern kann.«

Die Psychonautin bestätigte, und kurz darauf mäßigte sich der wummernde Herzschlag des Paratriebwerks, als das Schiff zum Rücksturz in den Normalraum ansetzte.

Die Ära Cluster war beendet.

Aber Flaming Bess verspürte keinen Triumph. Der Sieg über einen alten, gebrochenen Mann war kein Anlaß zum Triumphieren. Denn das war der Admiral: ein alter Mann, der nicht bemerkt hatte, daß seine Zeit längst abgelaufen war.

4

Als Samwell A. Goldberg in seiner Oberdeck-Kabine erwachte, wurde er von einer gespenstischen Halluzination heimgesucht: Ein Teil der Decke löste sich auf, verwandelte sich in waberndes Grau, und aus dem Grau stieg eine Frau zu ihm herab.

Sie war klein und zierlich, mädchenhaft schmal, fast ätherisch, mit heller, durchscheinender Haut und schulterlangen Haaren, so rot wie lodernde Flammen.

Sie kam aus dem Nichts und fand leichtfüßig Stufen in der Luft, und die ganze Kabine glühte plötzlich im Widerschein ihres Flammenhaars.

Und ihr Gesicht ... ihr liebliches Gesicht ... war verbrannt.

Goldberg wollte schreien, doch kein Laut drang über seine Lippen. Er wollte aufspringen und zur Tür stürzen, aus der Kabine fliehen, irgendwohin, wo andere Menschen waren, aber er konnte sich nicht bewegen. Es war ein schrecklicher Moment, noch weit entsetzlicher als seine Begegnung mit dem Kälteschläfer unten im vergessenen Lagerraum des 3. UD. Ihn hatte nicht nur eine einfache Lähmung befallen, sondern *irgend etwas* in ihm, in seinem Kopf, hinderte ihn daran, auch nur einen Muskel zu rühren.

Er war hilflos.

Er konnte nur daliegen und die Frau anstarren, die Frau aus dem grauen Nichts, mit dem verbrannten Gesicht, die Frau, die auf seiner Heimatwelt Eiry zurückgeblieben war, während er mit dem letzten Fluchtschiff Terminus erreicht hatte.

Tyna, dachte er, geliebte Tyna ... Aber du bist tot, auf Eiry gestorben ...

Sie stand jetzt an seinem Bett und sah ihn an, mit klaffenden Wunden, statt mit Augen, und er roch den süßen, übelkeiterregenden Gestank verbrannten Fleisches. Ihre verkohlten Lippen öffneten sich, und er hörte Worte, halb erstickt, und hinter den Worten vernahm er das Brausen und Prasseln der großen Feuer, die die goldenen Wälder von Eiry verzehrt hatten.

»Etwas ist geschehen, Samwell«, zischelte Tyna. »Die Gruben der Zeit haben sich geöffnet, und das, was für ewig begraben war, ist zu neuem Leben erwacht. Hörst du mich, Samwell, hörst du mich?«

Er konnte nicht antworten.

Klamm vor Angst blickte er zu ihr auf, und wieder dachte er: *Aber du bist tot!*

»Weißt du noch, Samwell«, flüsterte die Frau, »weißt du noch, wie es war, als sie aus den Schatten kamen? Als sie dem Fiebertraum der Nacht entstiegen und aus den Schatten zu uns kamen? Weißt du noch? Weißt du noch?«

Es ist nur ein Traum, dachte Goldberg. Sterne, große Sterne, es ist nur ein verdammter Alptraum!

»Warum bist du nicht bei mir geblieben, Samwell? Warum mußtest du fortgehen und mich allein zurücklassen? Zwischen all den Toten und all den Flammen ... Der Himmel war ein einziges Feuer und die Welt in Rauch gehüllt. Und da und dort – die Schatten, Samwell. Schatten, die wie Türen waren, und aus den Schatten kam der Tod zu mir.« Sie lächelte mit rußgeschwärzten Lippen. »Zu mir und nicht zu dir. Doch nun ist der Tod auch hier. Spürst du ihn nicht? Spürst du nicht, daß er in dir ist?«

Aus den Wunden ihrer Augen tropften Tränen,

und eine Träne fiel auf seine Wange, dort, wo ihn auch die kalte Hand des Schläfers berührt hatte.

Der Tropfen brannte wie Säure. Der Schmerz löste die Lähmung.

Mit einem gellenden Schrei fuhr Goldberg hoch – und plötzlich war die Halluzination verschwunden. Tyna hatte sich in Luft aufgelöst, die Decke der Kabine war wieder unversehrt, selbst der beißende Brandgeruch hatte sich verflüchtigt. Zitternd saß Goldberg im Bett und rieb sich die schmerzende Wange.

Nur ein Alptraum, dachte er wieder, doch der Gedanke beruhigte ihn nicht. Im Gegenteil; während sich sein jagender Puls allmählich normalisierte, brach die Erinnerung über ihn herein: das Knistern und Klirren des zerspringenden Eises, das wahnsinnige, verzerrte Gesicht des Schläfers, der nach äonenlanger Ruhe sein kaltes Bett verließ, die grünlich-blau bemoosten Augen, in denen sich alles Grauen dieser Welt zu spiegeln schien, dann die Berührung der bleichen Hand und seine panische Flucht ...

Nervös strich Goldberg über sein zerzaustes rotes Haar.

Nur undeutlich entsann er sich, wie er zum 2. Oberdeck hinauf und in seine Kabine gelangt war. Ein Wunder, daß ihn Clusters Patrouillen nicht erwischt hatten.

Er drehte den Kopf und warf einen Blick auf den Chronometer an der Wand.

Er hatte fast zwanzig Stunden geschlafen!

Mit einem Satz sprang er aus dem Bett. Verdammt, er mußte etwas unternehmen! Der Kälteschläfer – bei allen Sternen, der Mann war verrückt. Diese Augen! Wahrscheinlich war sein Gehirn im Lauf der langen Tiefschlafperiode geschädigt worden.

Ich kann nicht zulassen, daß dieser Wahnsinnige ungehindert im Schiff herumschleicht, dachte er grimmig. Ich muß Kospodin informieren; der Jetpilot soll sich mit Cluster in Verbindung setzen. Soll der Admiral doch toben! Ohne meinen Ausflug ins 3. UD hätte niemand von dem Schläfer erfahren! Cluster müßte mir im Grunde einen Orden verleihen.

Goldberg grinste.

Das Entsetzen, mit dem ihn die furchtbare Halluzination erfüllt hatte, wich schlagartig einer euphorischen Hochstimmung. Goldberg stürzte zum Wandschrank, um sich anzuziehen. Natürlich würde er einen Orden bekommen! Keine Frage, er war auf dem besten Weg, ein Held zu werden. Das ganze Schiff würde erfahren, daß er allein auf sich gestellt die massenmörderischen Pläne des Kälteschläfers durchkreuzt hatte.

Der drahtige, rothaarige Mann kicherte vor sich hin.

Ein Held! dachte er siegestrunken. Supersam, der Retter der NOVA STAR!

Er riß schwungvoll die Tür des Wandschranks auf.

Ein verbranntes Gesicht grinste ihn an. Tynas rumpfloser Kopf hing zwischen den Hemden, Hosen und Overalls, und ihre leeren Augenhöhlen bluteten, doch ihr Blut war nicht rot, sondern grünlich-blau wie der Moosbelag auf den Augäpfeln des Kälteschläfers.

»Ich liebe dich, Samwell«, sagte Tyna mit einer Stimme, die wie brennendes Holz knisterte.

Goldberg gurgelte. Wie betäubt starrte er die grausige Erscheinung an.

»Komm, Samwell«, gurrte Tyna, »komm her zu mir ...«

Die Angst schnürte ihm die Kehle zu. Kalkweiß im

Gesicht taumelte er zurück und streckte abwehrend die Arme aus.

»Nein«, keuchte er, »nein, das ist unmöglich ... Eine Halluzination ...«

Er biß die Zähne zusammen und kämpfte gegen die Panik an, die ihn zu überwältigen drohte. Ich darf nicht durchdrehen! sagte er sich. Ich muß die Nerven behalten. Es ist nur eine verdammte Halluzination. Wie die Schritte, die mir im Unterdeck gefolgt sind!

Goldberg schloß die Augen und atmete mehrere Male tief durch.

Es ist alles normal, sagte er sich. Eine Nachwirkung dieses verfluchten Alptraums. Tyna ist seit Jahren tot und liegt auf Eiry begraben. Die Herculeaner haben sie umgebracht. Sie ist nicht hier. Es gibt keine Gespenster, keine Toten, die durch die Decke zu dir kommen, keine Köpfe, die im Kleiderschrank hängen ... Wenn du die Augen öffnest, Sam, ist alles normal.

Also öffne die Augen! Los!

Er wagte es. Vor Erleichterung schrie er leise auf.

Die Erscheinung war fort. Nein, verbesserte er sich, es hat sie nie gegeben. Alles hat sich nur in meiner Phantasie abgespielt. Tyna ... Große Sterne, fühle ich mich schuldig an ihrem Tod? Aber warum? Ich konnte ihr nicht helfen, als die Herculeaner kamen. Ich war am Raumhafen, um alles für unseren Flug nach Dervutjan vorzubereiten. Dann traten die Herculeaner aus den Schatten, auf ganz Eiry tauchten Kroms Klon-Soldaten auf, Millionen schwarzgepanzerte Soldaten ... Es tut mir leid, Tyna, so schrecklich leid, doch es war nicht meine Schuld, daß du sterben mußtest.

Mit bebenden Händen griff er nach einer einteiligen, königsblauen Montur, schlüpfte hinein, streifte hastig ein Paar bequeme Schuhe über und wandte sich fluchtartig zur Tür.

Dann blieb er abrupt stehen.

Die Ausgangssperre! durchfuhr es ihn. Verdammt, Cluster hat über alle Flüchtlingsdecks eine Ausgangssperre verhängt; niemand durfte seinen Kabinentrakt verlassen. Außerdem – wo soll ich Kospodin suchen? Vielleicht ist er wieder auf Patrouille, oder der Admiral hat ihn in die Zentrale geholt.

Goldberg kam ein Gedanke.

Der Jetpilot hatte doch eine Freundin. Wie hieß sie doch gleich? Belfort? Ja, Gahl Belfort; sie wohnte ein Deck höher, in der Bugsektion des 3. OD. Eine junge, hübsche Frau, die für die Magazinverwaltung arbeitete; hatte auch irgendein exotisches Tier ...

Goldberg musterte den Interkomanschluß neben der Tür. Vielleicht wußte Gahl Belfort, wo er Kospodin erreichen konnte. Er schaltete den Interkom ein und ließ sich mit Gahls Kabine verbinden. Unruhig wartete er, bis der Monitor hell wurde und ein schmales, von blonden Haaren umrahmtes Gesicht erschien.

»Ja?« sagte die Frau. Sie sah ihn mißtrauisch an. »Was wünschen Sie?«

Goldberg räusperte sich. »Sie sind Gahl Belfort?«

Die Frau nickte; ihr Gesicht trug einen müden, sorgenvollen Ausdruck.

»Mein Name ist Goldberg. Samwell A. Goldberg.« Er wartete, aber sie zeigte keine Reaktion. »Ich ... Es geht um Calvin Kospodin. Sie kennen ihn gut, nicht wahr?«

Gahl Belfort wirkte plötzlich alarmiert. »Warum fragen Sie? Was wollen Sie von Calvin?«

»Ich muß mit ihm sprechen. Es ist wichtig. Sehr

wichtig. Wissen Sie, wo ich ihn erreichen kann, Gahl?«

Ihre Miene verhärtete sich. Zornesröte überzog ihre Wangen. »Wenn das ein Scherz sein soll ...«

»Ein Scherz?« wiederholte Goldberg verwirrt.

»Was soll das?« brauste Gahl Belfort auf. »Sie wissen ganz genau, wo Calvin ist! Was wollen Sie von mir? Hat McLasky Sie beauftragt, mich auszuhorchen? Ja? Dann richten Sie Ihrem Chef aus, daß Calvin unschuldig ist! Er ist kein Verbrecher wie Cluster.«

»Ich verstehe nicht ...«

Sie runzelte die Stirn. »Wissen Sie wirklich nicht, daß Cluster und alle Flottenoffiziere vom SD verhaftet worden sind?«

Goldberg riß die Augen auf. »Sie meinen, der Admiral ...?«

»... sitzt in einer SD-Zelle und wird wegen Meuterei vor Gericht gestellt«, nickte die blonde Frau ungeduldig. »Der Putsch wurde letzte Nacht niedergeschlagen. Flaming Bess hat wieder das Kommando übernommen. Haben Sie die Durchsage nicht gehört?« Die junge blonde Frau senkte den Kopf. Ihre Schultern bebten; sie schien mit den Tränen zu kämpfen. »Bis die Umstände der Meuterei geklärt sind, bleiben alle von Clusters Offizieren in Haft – auch Calvin. Verdammt, ich habe ihm gesagt, er soll sich von Cluster nicht in diese schreckliche Sache hineinziehen lassen, aber er wollte nicht auf mich hören. Er sagte, es wäre seine Pflicht, den Kampf gegen die Herculeaner fortzusetzen. Deshalb müßte er Cluster unterstützen. Aber er hat die Methoden des Admirals nicht gebilligt.«

Gahl sah auf, und in ihren Augen schwammen Tränen.

»Calvin hätte niemals zugelassen, daß Flaming Bess ...« Ihre Worte erstickten in einem Schluchzer.

»Es tut mir leid«, murmelte Goldberg. »Ich wußte nicht, daß Ihr Freund ... Ich habe geschlafen, wissen Sie. Ich habe die letzten zwanzig Stunden geschlafen und nichts von den Ereignissen mitbekommen. Ich ...«

Er brach ab. Ein Stöhnen entrang sich seiner Kehle.

Denn Gahl Belforts schmales, blasses Gesicht verwandelte sich plötzlich. Die Haut schwärzte sich, verbrannte, verkohlte, das blonde Haar flammte auf und lohte feurig über ihrem Kopf, und aus den klaffenden Wunden ihrer Augenhöhlen tropften blutige Tränen.

»Du entkommst mir nicht, Samwell«, drohte Tyna mit rasselnder Stimme. »Ich hole dich heim ins Grab von Eiry. Hörst du mich, Samwell? Verstehst du mich? Ich hole dich, ich hole dich ...«

Goldberg hieb mit der Faust auf die Taste des Interkoms, und die grausige Fratze verschwand in einer grauen Implosion. Doch das Entsetzen wich nicht aus seinem Herzen. Nackte Angst hielt ihn umklammert. Auf seiner Stirn glänzte kalter Schweiß. Zitternd stolperte er zurück und starrte wie gebannt den grauen Bildschirm an.

Ich verliere den Verstand, dachte er. Sterne, große Sterne, ich werde verrückt ...

Und dann schlich sich ein anderer Gedanke in seine Angst, und die Angst wuchs und schnürte ihm die Kehle zu.

Was war, wenn er sich irrte? Vielleicht verlor er gar nicht den Verstand. Was war, wenn alles Realität war und Tyna sich tatsächlich an Bord der NOVA STAR befand, ein Gespenst, das sein fernes Grab auf Eiry verlassen hatte, um ihn heimzusuchen und ins Totenreich zu holen. Irgend etwas Unfaßliches war geschehen – er spürte es, er wußte es. Irgendein unvorstellbares Ereignis hatte die Barriere zwischen den Lebenden und den Toten zum Zusammenbruch gebracht, und die Gespenster der Vergangenheit schickten sich an, die Welt der Gegenwart zu verderben.

Alles war möglich.

Im Sternenbund regierte der Tod, die Menschheit war versklavt, nicht mehr als Rohmaterial für Kriegsherr Kroms genetische Experimente, und die letzten freien Menschen waren in selbstmörderische Machtkämpfe verstrickt. Und natürlich war da noch der Mann im Eis, der Mann mit den bemoosten Augen, der nach äonenlangem Schlaf erwacht war ...

Goldberg tastete unwillkürlich über seine Wange, wo ihn der Kälteschläfer berührt hatte. Die Haut fühlte sich rauh an, schorfig, aber als er von Furcht getrieben in die Naßzelle seiner Kabine eilte und sein Gesicht im Spiegel betrachtete, lachte er vor Erleichterung laut auf. Bartstoppeln – sie waren es, die sich so rauh angefühlt hatten.

Hastig rieb er sich mit Enthaarungscreme ein, spülte die Stoppeln fort und sah dann wieder in den Spiegel.

Er blickte in ein verbranntes Gesicht, in blutige Augenhöhlen unter purpurnem Flammenhaar, in Tynas grausam entstelltes Antlitz.

»Du kannst mir nicht entkommen, Samwell«, sagte Tyna. Sie lächelte mit verkohlten Lippen. »Ich bin überall, Samwell.«

Er schmetterte die Faust gegen den Spiegel, daß er unter der Wucht des Schlags klirrend zersprang, doch aus den Scherben grinste ihn noch immer Tynas Gesicht an, ein Mosaik aus rußgeschwärztem Fleisch und verschmorten Erinnerungen an glückliche Stunden. Goldberg schrie und trampelte auf den Scherben herum, zermalmte sie unter den Absätzen seiner Schuhe zu feinkörnigem glitzernden Granulat, bis Tynas höhnisch grinsende Fratze verschwunden war.

Er keuchte, sah sich wild um – und da und dort, im blanken Muster der gekachelten Wände, entdeckte er ein blutendes Auge, einen rußig lächelnden Mund, eine Strähne Feuerhaar.

Goldberg wimmerte.

Er fletschte die Zähne wie ein in die Enge getriebenes Tier.

»Du entkommst mir nicht«, raunte Tyna aus dem Nichts. Sie lachte grell, und in ihrem Gelächter schwang eine Drohung mit, die ihn in wilder Panik aus der Naßzelle trieb, in die Stille seiner Kabine, die nun vom gespenstischen Geraune der toten Frau erfüllt war: »Ich bin überall, Samwell, überall ...«

Er heulte auf, als er die Wahrheit erkannte: Tynas Stimme drang nicht aus dem Nichts, sondern war in seinem Kopf. Sie sprach in seinen Gedanken, ein bösartiger Parasit, der sich von seiner Furcht nährte. Aber dann wurde ihm klar, daß es nur die halbe Wahrheit war und Tyna recht hatte, wenn sie behauptete, überall zu sein, in der Luft, im Boden, im schimmernden Stahl der Decke.

Und sie peinigte ihn.

Schmerz pochte hinter seiner Stirn und breitete sich wie ein Flächenbrand über seine Kopfhaut aus, kroch hinunter ins Gesicht und in den Nacken. Verzehrender Schmerz, als hätte sich ein hungriger Nager einen Weg in die Höhle seines Schädels gebahnt, um dort seine Gier nach Fleisch zu stillen.

Halb wahnsinnig vor Schmerz und Angst wankte Goldberg zum Bett, warf Kissen, Decke und Matratze zur Seite und griff nach dem kleinen Nadler, den er dort versteckt hatte. Kühl lag die Waffe in seiner Hand. Er lachte heiser, wirbelte herum und drohte Tyna mit dem Nadler.

»Komm!« schrie er. »Dann komm doch und hole mich! Versuch es!«

Aber sie lachte nur, in der Luft, in seinem Kopf.

Er schoß. Der feine Energiestrahl brannte ein münzgroßes Loch in die milchweiße Glastür der Naßzelle.

Das Gelächter verstummte, um einen Moment später erneut einzusetzen, an- und abzuschwellen, zurückzuweichen, zur Tür zu fliehen und durch die Tür hinaus auf den Gang.

Goldberg kreischte in wahnsinnigem Triumph und gab einen Schuß auf die Tür ab, wo der Kunststoffüberzug Blasen warf, brodelte und verdampfte und nacktes Metall sichtbar wurde.

»Und jetzt, Tyna?« brüllte er. »Was jetzt? Soll ich dich verbrennen? Ist es das, was du willst? Bist du noch nicht genug verbrannt, auf Eiry, im Feuer der Klon-Soldaten?«

Sie lachte.

Auf dem Gang.

Sie lauerte draußen auf dem Korridor und verhöhnte ihn.

Goldberg knirschte mit den Zähnen. Heiße Wut stieg in ihm hoch. Er vergaß den Schmerz in seinem Kopf. Er vergaß seine Angst. Er stürzte zur Tür und preßte die Hand gegen das Sensorschloß. Die Tür glitt zur Seite, und er schoß. Der Nadlerstrahl zog eine bleistiftdünne Sengspur über die Korridorwand. Schwer atmend blickte sich Goldberg um. Der Gang war leer.

»Tyna!« brüllte Goldberg. »Wo steckst du, Tyna?«

Ein Surren. Ein paar Meter weiter öffnete sich eine Kabinentür und ein dicker, kahlköpfiger Mann starrte ihn empört an; Rochmond, ein Flüchtling von Nega Aureolis.

»Was soll der Lärm?« fauchte der Dicke. »Sind Sie betrunken, Goldberg?«

Goldberg warf ihm einen fiebrigen Blick zu. »Haben Sie sie gesehen?« stieß er hervor. »Antworten Sie, Rochmond! Haben Sie sie gesehen?«

Der dicke Mann starrte ihn noch immer an. »Bei allen Heiligen – was ist mit Ihren Augen, Goldberg?«

Goldberg zuckte zusammen. Die Angst kehrte zurück, kalt wie der Weltraum. »Meine Augen? Was ist mit meinen Augen?« Er trat auf Rochmond zu, zitternd, den Nadler schußbereit in der Hand. »Was ist mit meinen Augen, Rochmond?« kreischte er.

Der Dicke wurde bleich. »Bei allen Heiligen!« keuchte er. »Bei allen Heiligen! Es sieht ... wie Moos aus. Wie Moos, Goldberg! Auf Ihren Augen, Goldberg!«

Wie Moos, dachte Goldberg. Grünlich-blau. Wie die Augen des Schläfers.

Hinter ihm ein Kichern.

Tyna!

Goldberg drehte sich, und in der Drehung schoß er, doch Tyna lachte nur und schwebte davon, ein Gespenst, ätherisch, mit brennenden Haaren und verbranntem Gesicht.

»Tyna!« schrie Goldberg.

»Bei allen Heiligen!« sagte der dicke Mann wieder.

Goldberg rannte los. Tyna lachte wieder und floh, dem Ende des Gangs entgegen, zum Hauptkorridor des Kabinentraktes. Irgendwo entsetzte Schreie. Jemand rief seinen Namen, aber er achtete nicht darauf. Tyna verschwand im Hauptkorridor, und ihr

Gelächter verwehte. Goldberg lief schneller, stürmte um die Ecke – und prallte mit einem Mann in der blauen Montur des Technischen Korps zusammen.

Der Mann gurgelte und stürzte zu Boden.

Achtlos stolperte Goldberg an ihm vorbei. Der Korridor war voller Menschen; Männer, Frauen und Kinder auf dem Weg zur Kantine in der Zentralsektion. Ihre Gesichter waren weiße Flecken, konturenlos, fremd, entmenschlicht wie das Gesicht des Kälteschläfers.

»Tyna!« kreischte Goldberg.

Dann entdeckte er sie. Sie schwebte über den Köpfen der Menschen und lachte ihn höhnisch an. Goldberg feuerte mit dem Nadler. Überall Entsetzensschreie, das Wimmern verängstigter Kinder, rauhe Flüche.

»Seine Augen!« rief jemand. »Seht euch seine Augen an!«

Die Menschen stoben davon, flohen in die Seitengänge, in die Kabinen. Nur Tyna hing noch immer unter der Decke und lachte und lachte.

Goldberg machte einen Schritt auf sie zu, und plötzlich gaben seine Beine unter ihm nach. Er stürzte schwer, ohne Schmerzen zu spüren. Dumpfe Betäubung breitete sich in seinen Gliedern aus. Ich sterbe! dachte Goldberg. Sterne, große Sterne, ich sterbe …

Aber eine Stimme in seinem Kopf – eine fremde Stimme, rostig wie korrodiertes Metall, eisig wie das Nichts in den kosmischen Abgründen und grausig wie der Tod in finsterer Nacht – sprach mit falschem Trost: *Für dich und mich beginnt das Leben erst.*

Goldberg lag auf dem harten Boden des Korridors, unfähig, auch nur einen Finger zu krümmen, von einer Furcht erfüllt, die sich nicht in Worte fassen ließ, und hörte, wie sich Schritte näherten. Eine Gestalt wuchs über ihm auf, die Gestalt eines blassen Mannes mit pechschwarzen, sorgfältig gescheitelten Haaren, Hakennase, schmalen Lippen und stechenden Augen. Der Mann trug einen schwarzen, konservativ geschnittenen Anzug. Goldberg kannte den Mann. Di Grey, dachte er benommen. Der Fremdweltenspezialist. Di-Analytiker Grey ...

Di Grey bückte sich. »Können Sie sprechen, Goldberg?« fragte er.

Goldberg starrte ihn stumm an.

»Ihre Augen ...«, sagte Di Grey.

»Wie Moos«, flüsterte Goldberg, ohne es zu wollen. Die Worte kamen wie von allein über seine Lippen. »Die Augen des Kälteschläfers. Ich habe den Schläfer gesehen. Er war im Eis begraben, ganz und gar im Eis begraben, und das Eis brach, und der Schläfer ... Im 3. UD«, krächzte Goldberg. »Der Schläfer ist erwacht. Und seine Augen ...! Er hat mich berührt, Di Grey. Er hat mich mit seiner kalten Hand berührt, und dann kam Tyna, und ihr Gesicht war verbrannt, und sie lachte, Di Grey, sie lachte.«

Er befeuchtete seine trockenen Lippen. Noch immer konnte er sich nicht bewegen.

»Sehen Sie sie?« fragte er heiser. »Ist sie noch immer da? Unter der Decke? Mit ihren blutenden Augen?«

»Beruhigen Sie sich«, sagte der Di-Analytiker. Aber sein Gesichtsausdruck war besorgt. »Wo haben Sie den Schläfer entdeckt? Wo im 3. UD?«

»In ... der Luvsektion, hinter dem zentralen Klimaschacht ... Ein alter Lagerraum ... Aber der Schläfer ist erwacht ...«

Polternde Schritte. Weitere Gestalten erschienen hinter Di Grey.

»Vorsicht«, sagte der Di-Analytiker. »Nicht berühren. Vielleicht ist es ansteckend. Alarmieren Sie Dr. Go. Schnell! Der Mann ist krank ...«

Di Grey sagte noch mehr, aber seine Worte gingen in Tynas schrecklichem Gelächter unter, und Tyna hockte jetzt wie ein Dämon auf Goldbergs Brust, und ihr Gesicht war verbrannt, ihr Haar ein loderndes Feuer. Dann waren da Männer in weißen Schutzanzügen und mit Atemmasken, und kräftige Hände hoben ihn auf eine Trage, während Tyna ihm schaurige Dinge ins Ohr flüsterte, während die unmenschliche, rostige Stimme in seinem Kopf dumpf vor sich hin brabbelte. Er träumte eine Weile: von bemoosten Augen, die voller Gier die Menschen belauerten; von einem bleichen, hohlwangigen Mann in einer abgetragenen Raumfahrermontur, der durch die Korridore und Gänge der Oberdecks schlich; von einem bösen, fremden Ding, das sich als Mensch maskierte und sich vom Leben der menschlichen Maske nährte, ein namenloses Etwas aus dem Abgrund der Zeit, räuberisch und verzweifelt entschlossen ...

Und dieses Etwas ... dieses Ding ... *war auch in ihm.*

Goldberg erwachte schreiend.

Um ihn herum klinisches Weiß, das Wispern, Summen und Ticken medizinischer Geräte, das Blinken und Blitzen von Dioden, Skalen und Displays. Auf seiner Haut der sanfte Druck kühler Elektroden, in seinen Venen Kanülen.

Die Krankenstation, dachte er benommen. Ich bin in der Krankenstation ...

»Der Patient ist aufgewacht«, hörte er irgendwo in der Ferne eine Schwester sagen.

Sekunden später schob sich ein olivfarbenes,

lächelndes Gesicht mit schräggestellten Mandelaugen in sein Blickfeld. Dr. Go, der Bordarzt.

»Können Sie mich hören, Samwell?« sagte Dr. Go.

Er wollte antworten, doch nur ein Krächzen drang aus seiner Kehle.

Ein anderes Gesicht erschien, das Gesicht einer Frau; die Haut wie Bronze, mit hohen Wangenknochen und großen, dunklen Augen, umrahmt von schwarzen Haaren, fein wie Seide. Flaming Bess, die Kommandantin.

»Sie müssen uns helfen, Samwell«, sagte Flaming Bess. »Sie müssen uns sagen, wo der Kälteschläfer ist. Wir haben den Lagerraum mit dem Schrein gefunden, aber der Raum war leer. Der Schläfer ist verschwunden. Verstehen Sie mich, Samwell? Sie sind sehr krank; wir nehmen an, daß der Schläfer Sie infiziert hat. Wir müssen ihn aufspüren, bevor er weitere Menschen ansteckt. Wissen Sie, wo er ist? Können Sie uns beschreiben, wie er aussieht? Es ist wichtig, Samwell! Das Leben aller Menschen an Bord steht auf dem Spiel ...«

Goldberg öffnete den Mund, aber als er antworten wollte, ging eine gespenstische Veränderung mit Flaming Bess vor: Ihre Bronzehaut verbrannte, ihre Augen wurden zu blutenden Wunden, ihre Gesichtszüge verschmorten, schmolzen dahin, formten sich neu, bis ihm Tynas schreckliches, entstelltes Antlitz entgegenblickte.

Tyna lachte, und Goldberg schrie und schrie, wollte auf die Fratze einschlagen, doch er war ans Krankenbett gefesselt, hilflos Tynas höhnischem Gelächter ausgesetzt.

Und in ihm – er spürte es – wuchs das namenlose Ding und starrte durch die Fenster seiner Augen hinaus in die Welt, die es verderben wollte ...

5

Einst hatte er einen Namen gehabt, doch der lange, kalte Schlaf hatte seinen Namen ausgelöscht.

Einst war er ein Mensch gewesen, aber dann war etwas geschehen, das ihn in ein Ding verwandelt hatte, hungrig und fremd, von rätselhaften Trieben beherrscht, ein alptraumhaftes Etwas, das äußerlich wie ein Mensch aussah, doch kein Mensch mehr war.

Und nun war dieses Ding erwacht …

Lagoslav Vanshunje wußte sofort, daß mit dem Mann etwas nicht stimmte, als er ihn durch den Korridor kommen sah.

Der Mann war totenbleich, hohlwangig, stoppelbärtig und so mager, daß die abgetragene Raumfahrermontur wie eine Fahne um seinen mageren Körper flatterte.

Er hielt den Kopf gesenkt, so daß man seine Augen nicht sehen konnte, und kam mit schlurfenden Schritten näher.

Komischer Kauz, dachte Vanshunje, während er die Tür des Lagerraums verriegelte. Hab ihn noch nie nicht gesehen, den komischen Kauz.

Nervös zupfte der dünne, hochgeschossene Westwolken-Flüchtling an seinem flusigen Bart und schluckte mehrmals, so daß sein Adamsapfel wie ein Pingpongball auf und ab tanzte. Suchend blickte er sich um, doch bis auf ihn und den bleichen Mann war der Korridor leer. Bleiern lastete die Stille über der Hecksektion des 3. Oberdecks. Die einzigen Laute waren Vanshunjes pfeifende Atemzüge und die schlurfenden Schritte des fremden Mannes.

Was sucht er hier, was macht er hier, der Kauz, fragte sich Vanshunje. Vielleicht ist's ein garstiger Kultist; hat sich hier versteckt, nicht, und wartet, daß sein Prophet ihn ruft …

Der Mann war jetzt nur noch wenige Meter entfernt; er schien Vanshunje noch immer nicht bemerkt zu haben.

»He da!« sagte der Westwolken-Flüchtling beunruhigt. »Ist mit Ihnen was nicht in Ordnung?«

Der bleiche Mann taumelte.

Vanshunje trat rasch auf ihn zu und hielt ihn an der Schulter fest. Die verschlissene Raumfahrermontur fühlte sich seltsam brüchig an.

»Na, was ist?« fragte Vanshunje heiser. »Krank? Ist wohl besser, ich bring Sie zu Dr. Go, nicht?«

Der Mann hielt den Kopf noch immer gesenkt. Langsam, wie in Zeitlupe, hob er die rechte Hand und berührte Vanshunjes Unterarm. Vanshunje zuckte unter der Berührung zusammen; die Hand des Mannes war eiskalt.

Scheußlich, dachte Vanshunje.

»Kommen Sie, ja?« sagte er. »Zur Krankenstation, nicht, zu Dr. Go.«

In diesem Moment hob der Mann den Kopf, und Vanshunje blickte in seine aufgerissenen Augen: grünlich-blau, wie bemoost, oder von Schimmel bedeckt. Keine menschlichen Augen.

Vanshunje keuchte und wich unwillkürlich zurück.

Ihn erfüllte lähmende Angst. Instinktiv spürte er das Fremde, das hinter diesen Augen lauerte, eine Aura des Bösen, die allein durch ihre Gegenwart jeden Widerstand im Keim erstickte. Vanshunje zitterte. Er wollte schreien, er wollte fliehen, doch er hatte die Herrschaft über seinen Körper verloren. Er schien unter einem Bann zu stehen – und der Bann brach erst, als sich der Mann abrupt abwandte und davonschlurfte.

Entsetzt sah ihm Vanshunje nach.

Dann bog der Fremde in einen Seitengang und war verschwunden. Einige Sekunden lang waren noch seine Schritte zu hören, bis auch sie in der Ferne verklangen.

Der Westwolken-Flüchtling wischte sich den kalten Schweiß von der Stirn.

»Na, so etwas«, murmelte er.

Nach und nach mäßigte sich sein rasender Herzschlag.

Ich muß etwas unternehmen, dachte er, muß den garstigen Mann melden. Krank ist er, nicht, diese Augen, nicht. So etwas!

Er starrte seinen linken Unterarm an. Die Stelle, wo ihn der Fremde berührt hatte, war leicht gerötet, und sie begann zu prickeln und zu brennen. Vanshunje kratzte sich, und das Brennen wurde stärker.

Wenn der Fremde tatsächlich krank war, und wenn es sich um eine ansteckende Krankheit handelte …

Vanshunje stürzte davon. Er mußte zur Krankenstation und sich von Dr. Go untersuchen lassen und …

Vor seinen Augen flimmerte es. Seine Beine gehorchten ihm nicht mehr, und er stürzte, schlug schwer auf dem harten Boden auf. Merkwürdigerweise spürte er den Aufprall nicht einmal. Er lag da, hilflos, gelähmt, von schrecklicher Angst gepackt, und noch während er gegen die Angst ankämpfte, hörte er die Stimmen.

Die Stimmen kamen von weither, von oben, aus dem Kommandodeck, der Zentrale der NOVA STAR. Normalerweise hätte er sie nie gehört, doch ein wunderbares Geschick schien seine Ohren so geschärft zu haben, daß er verstehen konnte, was in der Zentrale gesprochen wurde.

Man sprach über ihn. Man sprach schlecht über ihn.

»Wir sollten ihn endlich töten, diesen Vanshunje«, hörte er Flaming Bess sagen. Und Glory Moon fügte hinzu: »Aber langsam, mit Genuß.« Die Kommandantin lachte grausam. »Seine Haut in Streifen schneiden«, schlug Ken Katzenstein vor. »Vanshunje bei lebendigem Leibe häuten – das wäre ein Spaß!« Wieder dieses grausame Gelächter.

Vanshunje hörte fassungslos zu. Sie sind verrückt! dachte er. Bess, Moon, Katzenstein – wahnsinnige Mörder, und ich soll ihr erstes Opfer sein ...!

Weitere Stimmen gesellten sich hinzu. Muller McLasky, Lady Gondelor, Vordermann Frust, Gahl Belfort ... Es wurden mehr und immer mehr, bis er die Stimmen aller Menschen an Bord der NOVA STAR vernahm, und jeder einzelne plante, ihn zu töten, ihn auf grausamste Weise zu peinigen, und er konnte nur daliegen und warten und zuhören ...

Er, der einst ein Mensch gewesen war, der Namenlose aus der Vergangenheit, der seine eigene Vergangenheit längst vergessen hatte, irrte weiter durch die Gänge und Räume des Schiffes, das ihm zugleich fremd und vertraut war.

Einst war er schon einmal diese Wege gegangen und hatte getan, was er auch jetzt tat: Menschen suchen, Menschen berühren, die Menschen mit dem Etwas infizieren, das seine Schritte lenkte.

Und das Etwas trieb ihn zu größerer Eile an ...

Jorna Kard war eine große, mütterlich wirkende Frau mit goldblonden Haaren und himmelblauen Augen. Sie war im Sternbild des Fürsten geboren, auf einer abgelegenen Welt an den Grenzen des menschlichen Siedlungsbereichs, und die Herculeaner hatten ihre Eltern getötet und ihre Kinder in die Lager zur genetischen Selektion gesperrt. Nur Jorna Kard war die Flucht nach Terminus gelungen, und jetzt lebte sie im 3. Oberdeck der NOVA STAR, arbeitete im Kinderhort und versuchte, nicht mehr an ihre eigenen Kinder zu denken und an das Schicksal, das sie erwartete.

Ausgelassen spielten die Jungen und Mädchen im Leegarten des 3. OD, unter der holografischen Projektion einer Sommersonne, während Jorna Kard unter der Krone eines milchweißen Baumes saß und das Programm für die nächsten Tagen zusammenstellte. Für morgen war eine Besichtigung des Maschinendecks geplant, und sie hoffte, Ken Katzenstein, den Bordingenieur, dazu zu bringen, den Kindern auch das dhrakanische Paratriebwerk zu zeigen. Und übermorgen ...

Jorna Kard schreckte zusammen.

Irgend etwas stimmte nicht. In den Lärm der spielenden Kinder hatte sich ein anderer Laut geschlichen – ein Wimmern. Bei den Sternen, vielleicht hatte sich eins der Kinder verletzt!

Besorgt sprang sie auf, drehte lauschend den Kopf. Ja, sie hatte sich nicht getäuscht; das Wimmern drang von rechts, aus dem dichten Gebüsch mit den fleischigen, klebrigen Blättern. Dann hörte sie auch leise Hilferufe.

Gron! Das mußte der vierjährige Gron sein, der da um Hilfe rief! Wahrscheinlich hatte er sich im Gebüsch verfangen. Verdammt, sie hatte den Kindern doch verboten, sich den Kleberbüschen zu nähern!

Jorna Kard raffte ihren Rock und lief los. Keuchend erreichte sie den Rand des u-förmig angelegten Gebüschs. Die Hilferufe waren jetzt lauter. Sie wandte sich nach links – und dort war Gron.

Aber der Junge war nicht allein.

Ein bleicher, stoppelbärtiger Mann in einer heruntergekommenen, schmutzigen Montur kniete vor ihm, und der Mann – Jorna schnappte vor Empörung nach Luft – strich dem Jungen mit einer Hand fast zärtlich über die Wange, während er ihn mit der anderen am Ellbogen festhielt.

»Was erlauben Sie sich ...!« fauchte Jorna Kard.

Mit zwei, drei großen Schritten war sie bei Gron und riß ihn los. Dabei berührte sie die Hand des Mannes, und die Berührung ließ sie schaudern. Als hätte sie eine Leiche angefaßt ...

»Ich werde Sie melden!« stieß Jorna hervor. »Einfach unerhört, kleine Kinder zu belästigen! Sie sind ... jawohl, pervers, das sind Sie! Sie ...«

Der Mann hob den Kopf und sah sie an.

Jorna verstummte. Furcht und Abscheu schnürten ihr die Kehle zu. Denn die Augen des Mannes waren wie von Moos bedeckt, blaugrün überwuchert, und in seinem hohlwangigen Gesicht las sie eine Drohung, vor der sie sich mehr ängstigte als vor der Gewalt.

Er ist verrückt, dachte Jorna entsetzt. Er ist völlig verrückt!

Sie preßte den leise schluchzenden Gron an sich, als der Mann plötzlich aufsprang und fortrannte, zwischen den Büschen und Bäumen des künstlichen Gartens verschwand. Einen Moment später war alles so, als wäre der Verrückte nie hiergewesen.

Jorna bezwang ihre Furcht und strich Gron tröstend über den Kopf. »Es ist gut, Gron. Der böse Mann ist fort. Und er wird nicht mehr zurückkommen. Du brauchst nicht mehr zu weinen. Es ist gut.«

Der Junge beruhigte sich.

»Und jetzt«, sagte Jorna bestimmt, »ruf die anderen zusammen. Sie sollen unter dem Milchbaum warten, verstanden, Gron?«

Der Junge nickte und lief los.

Jorna sah ihm kurz nach und blickte dann wieder in die Richtung, in der der Mann verschwunden war. Sie hatte ihn noch nie zuvor gesehen. Wahrscheinlich kam er aus einem der oberen Decks. Ein Unhold, dachte Jorna schaudernd. Ein verdammter Perverser, der kleine Jungen betatscht! Na warte, dir wird man deine schmutzigen Gedanken schon austreiben! Sobald die Kinder wieder im Hort sind, werde ich den SD benachrichtigen, und dann ...

Ihr Handrücken begann zu brennen.

Jorna verzog das Gesicht und rieb die brennende Stelle. Dort hatte sie der Unhold berührt. Und wie kalt seine Hand gewesen war! Ein Glück, daß sie noch rechtzeitig dazwischengefahren war, um Schlimmeres zu verhüten. Vielleicht hatte der Kerl vorgehabt, den armen Gron zu verschleppen, um ihm all die schrecklichen Dinge anzutun, an die ein anständiger Mensch gar nicht zu denken wagte ...

Brüsk wandte sie sich ab und ging zum Milchbaum zurück. Die Kinder hatten sich dort bereits eingefunden; nur der kleine Gron stand etwas abseits und schnitt merkwürdige Grimassen.

Hoffentlich hatte der Arme keinen Schock erlitten!

Jornas Herz krampfte sich zusammen. In diesen schlimmen Zeiten mußten sogar die Kinder Schreckliches erdulden.

Sie dachte an ihre eigenen Kinder, an Luor und seine Zwillingsschwester Lian. Gerade sechs waren beide gewesen, und so zart, so hilflos, als die Klon-Soldaten gekommen waren. Sie sah die Zwillinge noch deutlich vor sich; blond wie sie selbst und mit den erdbraunen Augen ihres Vaters.

Jorna biß die Zähne zusammen.

Du mußt vergessen! sagte sie sich. Du mußt vergessen, oder du verlierst noch den Verstand.

Und dann, als sie genauer hinschaute ...

... sah sie Luor und Lian unter dem Milchbaum stehen.

Es war unmöglich! Sie mußte träumen!

Aber dort standen ihre Zwillinge – und auch die anderen Kinder ... ihre Haare waren blond, ihre Augen erdbraun. Aus jedem Jungen war ihr Sohn Luor geworden und aus jedem Mädchen ihre Tochter Lian!

Sechs Luors und sieben Lians.

Jorna zitterte. Sie preßte die Hand vor den Mund, um ihren Schrei zu ersticken. Und noch während sie ihre verfielfachten Kinder anstarrte, geschah etwas weitaus Entsetzlicheres: Ihre bunten Kleider, Hosen und Hemden wurden schwarz wie die Kampfanzüge der Herculeaner, ihre zarten, unschuldigen Gesichter verhärteten sich, bis jedes Kinn kantig, jeder Mund ein Strich, jedes Auge eine Murmel aus kaltem Stein war, und dann formte sich um jeden Kopf der dunkle Visierhelm eines Klon-Soldaten.

Jorna keuchte.

Jetzt wußte sie, was geschehen war! Die Herculeaner hatten ihre Kinder genommen, genetisch verändert und geklont.

Aus Luor und Lian waren kleine Klon-Soldaten geworden, zum Kämpfen, Morden und Sterben bestimmt, gehorsame Diener des wahnsinnigen Kriegsherrn Krom!

Jorna Kard bleckte die Zähne. Haß stieg in ihr hoch. Diese kleinen Bestien! Diese blutgierigen Monstren aus den herculeanischen Gen-Fabriken!

Mit bebenden Händen löste sie den Gürtel, der ihren weiten Rock zusammenhielt, und knotete ihn zu einer Schlinge.

Langsam, den Mund zu einem falschen Lächeln verzogen, die Schlinge in der Hand, ging sie auf die kleinen herculeanischen Ungeheuer zu. Die Äste des Milchbaums waren stark genug. Kein Problem, die mörderischen Klon-Bestien daran aufzuknüpfen. Das einzige Problem war, genug Stricke aufzutreiben und die Monstren daran zu hindern, sich aus dem Staub zu machen.

Aber sie würde schon eine Lösung finden.

Keines von diesen Ungeheuern würde ihr entkommen.

Das Etwas, das im menschlichen Körper des Namenlosen nistete, war nicht intelligent, aber Es war schlau.

Es wußte, daß Es vorsichtig sein mußte.

Es wußte, daß die Wirte, in die Es den Samen seiner Brut pflanzte, gefährlich waren.

Es erinnerte sich, daß Es schon einmal dicht vor dem endgültigen Sieg gestanden hatte und dann doch von dem Namenlosen überlistet worden war.

Doch diesmal würde Es dem Namenlosen keine Gelegenheit geben, sich zu erinnern. Diesmal würde Es schlauer sein, damit die Brut wachsen und gedeihen konnte. Und mit seinen unbegreiflichen Sinnen spürte Es das dunkle Gewisper der Ableger, der Tochtersporen, der Saat, die in mehr und mehr Wirten aufging.

Greldin haßte das Raumschiff. Er haßte die Enge, die Wärme, das künstliche Licht, die Menschen, die wie Insekten in den Korridoren wimmelten, dumme Käfer, die ihren rätselhaften, sinnlosen Beschäftigungen nachgingen.

Greldin kam von Shogab Q, der Gletscherwelt im Westwolken-Sektor. Er war unter dem hohen Bernsteinhimmel von Shogab Q geboren, in den glitzernden Eiswüsten, die sich von Horizont zu Horizont dehnten, makellos glatt und für alle Ewigkeiten gefroren, ein weites Land, ein freies Land ... und nun in der Hand der Herculeaner. Im dritten Jahr des Krieges waren Kroms Klon-Armeen zur Gletscherwelt gekommen. Schatten hatten die weißen Eisebenen und die verharschten Schneefelder beschmutzt, und aus den Schatten waren die räuberischen Heerscharen der Herculeaner über Shogab Q hergefallen.

Die Herculeaner hatten die Alten getötet und die Jungen in die Selektionslager gesperrt, und nur einer Handvoll Menschen war die Flucht gelungen.

Aber der Preis! dachte Greldin. Um welchen Preis! Nie wieder den Bernsteinhimmel sehen, nie wieder die Freiheit des offenen Eises atmen! Eingesperrt sein in einem Sarg aus Stahl, unterwegs in die unerforschten Bereiche der Milchstraße, auf der Suche nach einem Mythos ...

Mürrisch schritt Greldin an den hydroponischen Behältern vorbei, die sich hier in der großen Luvhalle des 3. OD endlos aneinanderreihten, flache, langgestreckte Kunststoffschalen voller Nährflüssigkeit, in denen Frischgemüse angebaut wurde. Heliolampen verbreiteten grelles Licht, die Luft war warm und feuchtigkeitsgeschwängert.

Nicht der richtige Ort für einen Mann von der Gletscherwelt, dachte Greldin, während er sich durch eine Lücke zwischen den Hydroschalen zwängte und vor einem Kontrollpult stehenblieb. Aber einer der wenigen Orte, setzte Greldin seinen Gedankengang fort, an dem ein Mann allein sein konnte.

Er las die Displayanzeigen ab und nickte befriedigt; die Zusammensetzung der Nährflüssigkeit war optimal. Er hatte nichts anderes erwartet. Schließlich wurde das Versorgungssystem computergesteuert, und Greldin hatte die Computer zu schätzen gelernt. Computer waren angenehme Zeitgenossen – im Gegensatz zu den Menschen.

Was mir fehlt, sagte sich der Mann von Shogab Q, ist die Einsamkeit des Eises, die Stille über den Gletschern. Dort hört man nur den Wind und das Knirschen des Schnees unter den Stiefelsohlen, doch hier an Bord der NOVA STAR ist die Luft erfüllt vom Geschwätz der Flüchtlinge, diesem hohlen Gewäsch, dem nichtigen Geplapper von Leuten, die nie etwas zu sagen hatten ...

Er seufzte und wischte den Schweiß von der Stirn, ein hagerer Mann mit wettergegerbtem Gesicht und frostigen Augen.

Plötzlich spürte er eine Berührung an der Schulter, an seinem Hals, die Berührung einer eiskalten Hand.

Greldin wirbelte herum.

Gerade noch rechtzeitig, um eine Gestalt zwischen den dichten Reihen der Hydroschalen verschwinden zu sehen. Er erhaschte einen kurzen Blick auf ein hohlwangiges, stoppelbärtiges Gesicht, eine abgetragene, fleckige Raumfahrermontur.

Greldin fluchte und rieb sich den Hals.

Verdammt, nicht einmal hier hatte er seine Ruhe! Wer war der Kerl? Was hatte er hier zu suchen?

Greldin zögerte. Sollte er dem unverschämten Burschen nach? Ihn packen und ein paar Ohrfeigen versetzen? Ach, wozu? dachte er. Irgendein Witzbold, der seinen Spaß daran hatte, andere Leute zu erschrecken. Irgendein verdammter Käfer, der sich die Langeweile mit seinen Käferscherzen vertrieb.

Greldin grinste.

Er schätzte es, sich die anderen Flüchtlinge als Käfer vorzustellen. In dieser Metapher lag eine tiefe Wahrheit verborgen.

Sein Hals juckte.

Die Stelle, wo ihn der Kerl berührt hatte ... Juckpulver, dachte Greldin wütend. Verdammt witzig. Ha, ha. Ein richtiger Käferwitz.

Sich unablässig kratzend, beendete er seinen Kontrollgang und näherte sich der Tür. Erleichtert trat er hinaus auf den kühlen Korridor.

Die Stelle an seinem Hals hatte inzwischen zu brennen begonnen, und Greldins Zorn wuchs.

Wenn ich den Kerl erwische! dachte er. Ich bringe ihn um! Ich zerstampfe diesen Käfer! Ich ...

Vor seinen Augen flimmerte es, er fühlte sich plötzlich schwach und griff haltsuchend nach der Korridorwand. Zum Glück ließ der Schwächeanfall bald nach. Wahrscheinlich konnte er die feucht-heiße Luft in der Hydrohalle nicht vertragen. Vielleicht sollte er sich versetzen lassen, am besten in eins der Unterdecks, die Maschinen warten, irgendwohin, wo er vor diesen Käfertypen Ruhe hatte ...

Greldin runzelte die Stirn.

Auf Shogab Q hatte es keine Käfer gegeben, nicht einen einzigen, weder Menschenkäfer noch Käferkäfer. Aber dieses verfluchte Schiff war von diesem Krabbelzeug geradezu verseucht. Eine Schande ist das, sagte sich Greldin. Überall krabbelt das Ungeziefer herum, aber niemand unternimmt etwas dagegen. Ein sonderbares Hygieneverständnis! Vielleicht steckt eine Absicht dahinter … Genau, dachte Greldin, das ist es. Natürlich! Warum bin ich nicht gleich darauf gekommen? Die Käferplage wird von Flaming Bess und ihrer Crew bewußt gefördert; eine Art Beschäftigungstherapie. Damit die Leute vor Langeweile nicht auf dumme Gedanken kommen. Käferjagd als Freizeitbeschäftigung.

Greldin nickte.

Merkwürdig, daß er diesen genialen Plan der Kommandantin nicht schon früher durchschaut hatte!

Allerdings – wie ließen sich die Menschenkäfer von den eigentlichen Käfern unterscheiden? Oder gab es keinen Unterschied? Wahrscheinlich nicht, vermutete er. Auf die eine oder andere Weise war jeder an Bord ein Käfertyp und zur Jagd freigegeben.

Wirklich genial, durchfuhr es Greldin. Höchste Zeit, daß ich losschlage. Es wäre einfach unverzeihlich, die Kommandantin zu enttäuschen!

Er eilte mit großen Schritten durch die Korridore und hatte bald die Zentralsektion des 3. Oberdecks erreicht. Als er die Kantine passierte und einen flüchtigen Blick hineinwarf, fand er seinen Verdacht bestätigt – an allen Tischen lungerten die Käfertypen herum, brabbelten in ihrer Kämpfersprache vor sich hin und verzehrten geschäftig ihre Käfermenüs. Es war ein gräßliches Bild.

Na wartet, dachte Greldin. Bald hat es sich ausgekrabbelt!

Vom Jagdfieber gepackt, machte er sich auf den Weg zu seiner Kabine. Er dachte an den Eispickel in seinem Schrank, das einzige Andenken an sein Leben auf Shogab Q. Der Eispickel war genau das richtige Mittel, um der Käferplage Herr zu werden.

Greldin lachte leise vor sich hin.

Und der namenlose Kälteschläfer schlich, gelenkt von dem Ding in seinem Gehirn, weiter durch das Schiff, und wen er traf, den berührte er, und wen er berührte, der veränderte sich – wie Vanshunje, wie Greldin, wie Jorna Kard …

6

Die Zentrale der NOVA STAR war abgedunkelt, und das helle Rechteck des großen Hauptbildschirms war wie ein Fenster in eine andere Welt, in eine Welt des Grauens.

Der Bildschirm zeigte den Ausgang des Leegartens im 3. Oberdeck, ein Torbogen aus schimmerndem Metall, dahinter das weiße Band eines Kieswegs, gesäumt vom satten Grün einer Wiese. Am Rand des Aufnahmebereichs kleine, schattenhaft erkennbare Gestalten.

»Die Aufnahme wurde vor rund einer Stunde gemacht«, erklärte Flaming Bess. Ihr Blick wanderte zu Glory Moon; das kaffeebraune, katzenhaft schöne Gesicht der Psychonautin hatte sich verhärtet, und ihre Hände waren um die Seitenlehnen ihres Spezialsitzes verkrampft, wie in Erwartung der kommenden Schrecken. Bess wußte, daß die anderen Crewmitglieder von ähnlichen Gefühlen bewegt wurden, doch sie konnte ihnen die Videoaufzeichnung nicht ersparen. Dies war die Realität, und sie mußten sich ihr stellen. »Achtung«, fügte Bess hinzu, »gleich geschieht es.«

Die verschwommenen Gestalten kamen näher –

ein Dutzend Kinder, keines älter als sechs Jahre. Mit angstvoll verzerrten Gesichtern flohen sie aus dem Leegarten. Ihre kleinen Münder waren weit aufgerissen, aber man hörte keinen Laut. Die völlige Stille, in der sich die Tragödie abspielte, erschien Flaming Bess entsetzlicher als alles andere.

Die Kinder stoben davon und verschwanden aus dem Erfassungsbereich der Kamera. Dann erschienen zwei Nachzügler, ein Junge und ein Mädchen, vielleicht vier oder fünf Jahre alt. Das Mädchen stolperte und fiel, blieb benommen unter dem Torbogen liegen. Der Junge verharrte einen Moment, drehte sich und machte einen Schritt auf das Mädchen zu, doch plötzlich tauchte eine Frau im Rund des Gartenausgangs auf.

Die Frau war groß und kräftig, hatte goldblonde Haare und ein rundes, rosiges Gesicht, und ihre Lippen waren zu einem wilden, bösen, wahnsinnigen Grinsen gekrümmt. In den Händen hielt sie einen Gürtel, der zu einer Schlinge verknotet war.

Der Junge hob abwehrend die Arme und stolperte zurück, wirbelte herum und rannte fort. Nur noch die Frau und das kleine Mädchen waren zu sehen. Die Frau riß das Mädchen an den Schultern hoch; es wehrte sich verzweifelt, in Todesangst, aber die Frau war zu stark.

Dann legte sie dem Mädchen die Schlinge um den Hals.

Wir haben das Grauen an Bord, dachte Flaming Bess. Das ist es, was ich euch zeigen will ... Sie fröstelte.

Die Frau begann das Kind zu erdrosseln, und ihr rosiges Gesicht glühte vor Freude.

Aus dem Hintergrund der Zentrale drang ein erstickter Aufschrei.

»Ruhig, Fortunato«, hörte sie Ken Katzensteins heisere Stimme. »Es ist gleich vorbei.«

Vorbei? dachte Flaming Bess, ohne die Augen von dem entsetzlichen Geschehen auf dem Bildschirm zu wenden. Nein, es ist nicht vorbei. Das ist erst der Anfang.

Das Mädchen zuckte nur noch schwach.

Plötzlich ruckte der Kopf der Frau hoch. Mit einer Mischung aus Haß und Furcht starrte sie in die Tiefe des Korridors, der außerhalb des Erfassungsbereichs der Videokamera lag. Irgend jemand schien sich von dort zu nähern.

»Achtet auf ihre Augen«, sagte Flaming Bess.

Das Gesicht der Frau geriet groß ins Bild und füllte den Monitor aus. Und ihre Augen ...

Es war wie bei Samwell A. Goldberg. Ein grünlichblauer Belag auf den Augäpfeln, wie Moos oder Schimmel, der nur die Pupillen verschont hatte.

Das Gesicht schrumpfte. Bess sah, wie die Frau die Schlinge um den Hals des Mädchens lockerte und sich zur Flucht wandte, doch da schoben sich mehrere Männer in den dunkelblauen Uniformen des Sicherheitsdienstes ins Blickfeld. Sie waren mit Schockern bewaffnet. Einer der SD-Männer hob die Waffe, zielte und schoß. Sekundenlang war die Frau von einem Flimmern umgeben. Als das Flimmern erlosch, brach sie gelähmt zusammen.

Der Monitor flackerte, und die Videoaufzeichnung wich dem sternendurchglühten Schwarz des interstellaren Weltraums. Nur langsam löste sich Flaming Bess aus dem Bann der schrecklichen Bilder. Sie sah die Sterne an, die hier am Rand des dhrakanischen Reiches die düsteren Nebel der kosmischen Gaswolken verdrängt hatte, und dachte an die Flüchtlinge in den unteren Decks.

Werden sie nie zur Ruhe kommen? fragte sich Flaming Bess. Werden die Gefahren nie ein Ende nehmen? Wird es immer so weitergehen – kaum ist eine Bedrohung abgewendet, taucht schon die nächste auf? Wir brauchen eine Atempause, dachte sie. Die Menschen in den Flüchtlingsdecks sind erschöpft. Sie haben genug gekämpft, genug gelitten, genug Schrecken erlebt. Und jetzt das – diese Seuche, die sie in den Wahnsinn treibt. Falls es eine Seuche ist, und nicht etwas Schlimmeres …

Sie drehte sich mit ihrem Sessel der Crew zu, deren Mitglieder an ihren Kontrollpulten auf den nächsthöheren Ebenen der amphitheaterähnlich ansteigenden Zentrale saßen.

Ken Katzenstein, der seinen extravaganten weißen Anzug gegen den schmucklosen Overall des Technischen Korps eingetauscht hatte, schwarzhaarig, schwarzäugig, braungebrannt, doch selbst sein dunkler Teint verbarg kaum die Blässe, die alle Besatzungsmitglieder befallen hatte.

Am Terminal neben Katzenstein der Clansmann Ka in der kupfernen Schuppenrüstung der Allkämpfer von Clansholm, hager, das Gesicht zernarbt, die Augen grau und kalt wie körniges Eis, das Mienenspiel zu einer Maske des Gleichmuts gefroren. Unwillkürlich fragte sich Bess, was sich hinter dieser Maske verbarg. Ka war der erste Mensch gewesen, dem sie bei ihrem Erwachen in dieser fernen Zukunft begegnet war, im Tempel der Alten Kommandantin, während des Angriffs der Herculeaner. Von Anfang an hatte er ihr loyal zur Seite gestanden, doch manchmal erschien er ihr so fremd, unnahbar und unmenschlich wie einer von Kroms Klon-Soldaten. Viele der Flüchtlinge an Bord mißtrauten dem Clansmann, vielleicht, weil er seine Gedanken und

Gefühle so perfekt verbarg, vielleicht, weil die Umstände seiner Flucht aus dem Menschenlager von R'o-Chyn noch immer ungeklärt waren. Unwillkürlich dachte Flaming Bess an Dool, Kroms Adjutanten, der ihr und Ka geholfen hatte, aus der Schattenwelt zu entkommen. Dool war dabei getötet worden, und im Sterben hatte er Kas Namen geflüstert. Warum? Sie wußte es nicht. Es war ein Rätsel.

Bess schob den Gedanken zur Seite und ließ ihre Blicke hinauf zu den Pulten der nächsten Ebene wandern: Jasper »Chip« Chipansky, der exzentrische Bordkybernetiker, der mit fahrigen Bewegungen über sein wallendes, blau und orange gefärbtes Haar strich; Vira Mandala, die blonde Mediacontrolerin mit der sinnverwirrenden Figur, die die Augen der Männer wie ein Magnet anzog; und Fortunato Stengel, der junge, wuschelhaarige Servotechniker, in dessen Augen sich noch immer das Entsetzen spiegelte, das ihn bei der Vorführung der Videoaufzeichnung befallen hatte.

Und links von Stengel der einzige Anwesende in der Zentrale, der nicht zur Crew gehörte – ein Mann, schmal wie ein Schwert, die pechschwarzen Haare sorgfältig gescheitelt, der Mund unter der Hakennase ein fast blutleerer Strich, gekleidet in einen dunklen, konservativ geschnittenen Anzug. Di-Analytiker Grey, der Fremdweltenspezialist. Di Grey, der dafür gesorgt hatte, daß Samwell A. Goldberg, das erste Opfer der Amok-Seuche, umgehend in die Quarantäneabteilung der Krankenstation eingeliefert worden war, und der ihr von dem Kälteschläfer berichtet hatte, auf den Goldberg in einem Lagerraum im 3. UD gestoßen sein wollte.

Flaming Bess räusperte sich.

Ehe sie sprach, wog sie ihre Worte sorgfältig ab.

Alles in ihr drängte nach raschen Entscheidungen, sofortigem Handeln, doch sie wußte, daß ihnen in der jetzigen Situation nur kühle Überlegung helfen konnte.

»Was wir gesehen haben«, sagte sie hart, »ist kein Einzelfall, aber diese – eher zufällig entstandene – Videoaufzeichnung illustriert am drastischsten die Größe der Gefahr, der wir gegenüberstehen. Wir haben eine Seuche an Bord, der im Lauf der letzten zwanzig Stunden rund sechzig Personen zum Opfer gefallen sind. Der Krankheitsverlauf ist immer gleich – völlig harmlose, friedliche Menschen scheinen von einem zum anderen Moment den Verstand zu verlieren. Sie werden zu Amokläufern, die nicht einmal mehr ihre engsten Angehörigen erkennen, sie zerstören und töten, was sich ihnen in den Weg stellt. In einem frühen Stadium der Krankheit kommt es zu jener typischen Verfärbung der Augäpfel, wie wir sie soeben auch bei dieser Frau – Jorna Kard, einem Flüchtling aus dem Sternbild des Fürsten – beobachtet haben.

Die Verbreitung der Amokseuche beschränkt sich zur Zeit noch auf das 1. bis 3. Oberdeck, aber wir müssen davon ausgehen, daß sich nicht nur die Zahl der Opfer erhöhen, sondern bald auch das gesamte Schiff betroffen sein wird.«

Flaming Bess schwieg einen Moment.

»Nach allen vorliegenden Erkenntnissen wird die Amokseuche bewußt verbreitet – und zwar von einem Mann, der zur ursprünglichen Erdbesatzung der NOVA STAR gehörte, von einem der hunderttausend Erdkolonisten, die mit mir im Kälteschlaf zu den Sternen geflogen sind und die vor Äonen spurlos verschwanden.«

Sie sah sich um, betrachtete die überraschten und

schockierten Gesichter ihrer Crew, den ungläubigen Ausdruck in ihren Augen, und sie dachte daran, wie schwer es ihr selbst gefallen war, die Wahrheit zu akzeptieren: daß sie nicht der einzige Mensch der alten Erde war, den es in diese ferne Zukunft verschlagen hatte, daß einer der verschollenen Kolonisten noch an Bord und aus dem kalten Schlaf erwacht war, und daß nun das dunkle Erbe der Erde das Leben aller Menschen auf der NOVA STAR bedrohte.

»Es gibt Beweise für meine Behauptung«, fügte Flaming Bess hinzu. Sie gab dem Di-Analytiker Grey einen Wink. »Di Grey, berichten Sie.«

Der blasse, dünne Mann hüstelte und betätigte eine Sensorschaltung an seinem Kontrollpult. Das Bild auf dem großen Hauptmonitor wechselte; eine hell erleuchtete Kammer wurde sichtbar. An einer Wand stapelten sich konische Behälter bis zur Decke, daneben erhob sich eine wuchtige Schaltkonsole, und hinter der Konsole, auf einem stählernen Podest montiert, ein mannshoher, zwei Meter breiter und einen Meter tiefer Metallrahmen.

»Ein Kälteschrein«, stellte Ka nüchtern fest. »Ein Schrein zur Erzeugung eines Tiefsttemperatur-Stasisfeldes. Wie im Tempel auf Terminus.«

»So ist es«, bestätigte Di Grey. »Die Schlafkammer befindet sich in einem abgelegenen Teil des 3. Unterdecks und läßt sich nur mühsam durch einen Wartungstunnel erreichen. Allein diese Tatsache beweist, daß es sich um keine normale Schlafkammer, sondern um ein bewußt gewähltes Versteck handelt. Die Untersuchung des Schreins ergab, daß er bis vor kurzem in Betrieb war. Offenbar wurde der Erweckungsprozeß automatisch eingeleitet, als Samwell A. Goldberg, das erste Seuchenopfer, die Schlafkammer betrat. Goldberg sprach außerdem von einer Art Moosbelag auf den Augen des Schläfers – und er wurde von ihm berührt. Ähnliche Aussagen liegen von einer Reihe anderer Opfer vor. Mit anderen Worten, der, nun, eigentliche Seuchenherd ist der Kälteschläfer, und die Seuche wird durch körperliche Berührung übertragen.«

»Nutzlose Informationen«, sagte Ka mit kalter Stimme. »Sie helfen uns nicht bei der Lösung des Problems. Wir müssen den Schläfer aufspüren und unschädlich machen.«

Di Grey warf Ka einen indignierten Blick zu. »Ein kluger Kopf hat einmal mit Recht bedauert, daß es sowenig nutzlose Informationen gibt. Davon abgesehen, bringen sie uns der Lösung ein Stück näher. Um die Seuche einzudämmen, müssen wir die Flüchtlinge dringend davor warnen, irgendeine wie auch immer geartete körperliche Beziehung zu unbekannten Personen aufzunehmen.«

Vira Mandala kicherte. Als sie die Blicke der anderen spürte, verstummte sie und wurde rot. »Ich dachte nur soeben an Neu-Damien«, erklärte sie entschuldigend. »Meine Heimatwelt. Da wurde uns am Valentinstag genau das Gegenteil geraten ...«

»Di Grey hat es etwas unglücklich formuliert«, sagte Flaming Bess mit undurchdringlichem Gesicht, »aber die Warnung an die Flüchtlinge wird eine unserer ersten Maßnahmen sein. Weiter, Di Grey.«

Der Di-Analytiker hüstelte. »Bei dem Kälteschläfer handelt es sich um einen Erdmenschen männlichen Geschlechts, der wahrscheinlich zur alten technischen Crew der NOVA STAR gehörte. Kein Kolonist im eigentlichen Sinn, sondern ein Besatzungsmitglied.«

»Folglich kennt er sich an Bord bestens aus«,

schloß Ka. »Er weiß, wo er sich vor uns verstecken kann – im kilometerweiten System der Wartungs- und Klimaschächte, oder unten in den Maschinendecks. Wir können monatelang suchen, ohne ihn zu finden.«

»Exakt«, bestätigte Di Grey.

Ken Katzenstein hob die Brauen. »Wieso sind Sie so davon überzeugt, daß er zur technischen Crew gehörte?«

»Wir haben im Kälteschrein synthetische Fasern gefunden«, antwortete der Di-Analytiker. »Sie stammen von einem leichten Raumanzug, wie er zu Wartungsarbeiten außerhalb des Schiffes benutzt wird. Wir haben Hunderte davon in den alten Magazinen gefunden. Und wir wissen, daß der Schläfer in die Wartungsschächte flieht, nachdem er ein neues Opfer infiziert hat.«

Di Grey schaltete an seinem Terminal.

Das Bild des Lagerraums mit dem Kälteschrein machte einer verschwommenen Aufnahme Platz – ein Mann in einer fleckigen Raumfahrermontur, der soeben im Zustieg eines Wartungstunnels verschwand.

»3. Oberdeck, Leesektion«, kommentierte Di Grey. »Die Aufnahme wurde von einer automatischen Kamera gemacht und entstand kurz vor Jorna Kards Amoklauf. Der Zustieg liegt in unmittelbarer Nähe des Leegartens.«

Katzenstein bewegte sich unbehaglich. »Aber das beweist nicht«, wandte er ein, »daß der Schläfer die Seuche absichtlich verbreitet. Ich meine, die Seuchenopfer sind geistig verwirrt. Wahrscheinlich ist er genauso verrückt wie Goldberg, der vom Gespenst seiner toten Frau heimgesucht wurde. Oder wie dieser Kerl aus der Hydroabteilung, Greldin, der angeblich in unserem Auftrag mit einem Eispickel Jagd auf harmlose Menschen machte, weil er sie für verdammte Käfer hielt ...«

»Das stimmt«, nickte Flaming Bess, »aber Dr. Go hat über die Seuche und ihre Erreger einige interessante Dinge herausgefunden, die das Bild verändern.«

Sie nahm über Interkom Verbindung mit der Krankenstation im 4. OD auf und legte das Gespräch auf den Hauptbildschirm. Das verschwommene Standfoto des Kälteschläfers verschwand, und Dr. Gos olivfarbenes, mandeläugiges Gesicht erschien. Der Bordarzt wirkte müde und besorgt.

»Soeben sind drei neue Fälle eingeliefert worden«, sagte er grußlos. »Und zwar aus diesem Deck.«

Bess war nicht überrascht. Sie hatte erwartet, daß der Kälteschläfer das 3. OD verlassen würde. Nach Jorna Kards und Greldins Amokläufen wimmelte es dort von SD-Männern. Wahrscheinlich war ihm der Boden zu heiß geworden.

»Wir werden entsprechende Maßnahmen ergreifen, um das weitere Ausbreiten der Amokseuche zu verhindern«, versicherte sie.

»Sie sollten schnell handeln«, sagte Go. »Der Zustand der Infizierten verschlechtert sich. Wir nähern uns dem Punkt ohne Wiederkehr, Kommandantin.«

»Geben Sie uns eine Analyse der Seuche«, verlangte Flaming Bess, »damit jeder weiß, mit was wir es zu tun haben.«

Der Bordarzt lächelte höflich. »In aller Kürze – wir haben es nicht mit einem Erreger im klassischen Sinn zu tun, sondern mit einer fremden, parasitären, möglicherweise intelligenten Lebensform. Im passiven Zustand – außerhalb eines Wirtskörpers – ist der

Erreger ein kristallines, virusähnliches Objekt mit einem Durchmesser von etwa hundert Angström, was dem hunderttausendsten Teil eines Millimeters entspricht. Gelangt der Erreger in den Blutkreislauf, wandert er zum Gehirn und setzt sich an den Synapsen fest, winzigen Schaltern, die durch chemische Überträgersubstanzen die Verbindung zwischen den rund fünfzehn Milliarden Nervenzellen herstellen. Etwa fünfhundert Billionen solcher Schaltstellen oder Synapsen sorgen dafür, daß wir gezielt denken und uns erinnern können.

Anders ausgedrückt« – wieder huschte jenes höfliche, unverbindliche Lächeln über Dr. Gos olivfarbenes Gesicht – »jede Veränderung im synaptischen Netzwerk verändert unser Denken, unser Bewußtsein, unsere Persönlichkeit. Und genau das ist die Funktion dieser neuro-parasitären Lebensform. Sie manipuliert die Informationsübertragung zwischen den Nervenzellen durch gezielte Eingriffe in die molekulare Struktur der Transmittersubstanzen und damit unser Denken.

Es gibt Hinweise, daß diese Manipulation zweckgerichtet ist, daß das aggressive Verhalten der Wirte dem Schutz des Parasiten dient. Keiner der Infizierten hat bislang einen anderen Infizierten angegriffen; bei den Opfern der Amokläufer handelt es sich ausschließlich um gesunde Personen. Außerdem ändert sich das Verhalten der Infizierten auf bemerkenswerte Weise, sobald sie überwältigt und in die Krankenstation eingeliefert werden – Wahnvorstellungen und Aggressionen verschwinden, sie wirken völlig normal, versuchen sogar, uns zu überzeugen, daß sie gesund sind, obwohl sich die Neuroparasiten in ihrem Gehirngewebe nachweislich vermehren ...«

»Wollen Sie damit sagen«, warf Ken Katzenstein

skeptisch ein, »daß diese Neuroparasiten ihre Opfer geistig übernehmen? Daß wir es nicht mit Kranken zu tun haben, sondern mit einem nicht-menschlichen Wesen, das nur noch äußerlich wie ein Mensch aussieht?«

Der Bordarzt nickte bedächtig. »Genau das ist das Endstadium der Krankheit.«

Entsetztes Schweigen.

»Dann besteht keine Hoffnung, nicht wahr?« sagte Katzenstein schließlich mit gepreßter Stimme. »Keine Möglichkeit, die Infizierten zu heilen.«

»Wir könnten die Neuroparasiten mit bestimmten Mitteln abtöten, doch das würde das Gehirn des Opfers irreparabel schädigen«, erklärte Go. »Allerdings gibt es ein Phänomen, über dessen Bedeutung wir uns noch nicht ganz schlüssig sind. In unregelmäßigen Abständen treten bei allen Infizierten identische Verhaltensmuster auf, die mit erheblicher neuroelektrischer Aktivität einhergehen ... Aber sehen Sie selbst!«

Der Bordarzt beugte sich nach vorn und hantierte an einem Schaltpult. In der unteren Hälfte des Hauptbildschirms erschienen eine Reihe Monitorfenster, die die Isolierkabinen der Quarantänestation zeigten.

Flaming Bess hielt den Atem an. Dort war Samwell Goldberg, da Jorna Kard, da Greldin, Lagoslav Vanshunje und ein halbes Dutzend weitere Seuchenopfer. Alle hatten grünlich-blau verfärbte Augäpfel – und alle machten schwerfällige kriechende Bewegungen, als würden sie sich durch einen engen Schacht zwängen. Synchron hoben und senkten sie Arme und Beine, synchron drehten sie die Köpfe hin und her.

»Ich will verdammt sein, wenn ich weiß, was das zu bedeuten hat!« knurrte Katzenstein.

Die Monitorfenster verschwanden.

»Nach meiner Theorie«, sagte Dr. Go leise, »besteht zwischen den Infizierten und dem Kälteschläfer – oder besser: zwischen den Tochter- und dem Mutterparasiten – eine extrasensorische Verbindung. Der voll ausgewachsene Mutterparasit stimuliert offenbar das Wachstum der Tochterparasiten, und während dieser Stimulation überlagern sich die Bewußtseinsinhalte, was dazu führt, daß die Wirtskörper der Tochterparasiten die Bewegungen des, hm, Mutterwirts nachvollziehen ... Aber natürlich ist das nur eine Theorie.«

»Und unsere einzige Hoffnung«, fügte Flaming Bess hinzu. »Wenn es uns gelingt, den Mutterparasiten abzutöten, werden auch die Ableger sterben.«

»In der Theorie«, schwächte Dr. Go ab. »Und wie gesagt, der Punkt ohne Wiederkehr rückt näher. Sobald die Tochterparasiten den Großteil der synaptischen Schaltstellen in den Gehirnen ihrer Wirte besetzt haben, wird sich der Prozeß kaum noch rückgängig machen lassen. Und was noch gefährlicher ist – jeder Infizierte wird damit selbst zu einem Mutterparasiten, einem potentiellen Seuchenüberträger ...«

»Wieviel Zeit bleibt uns noch?« fragte Flaming Bess.

Dr. Go zögerte. »Ich schätze, in spätestens vierundzwanzig Stunden wird Goldberg, das erste Seuchenopfer, in dieses Stadium gelangen.«

»Wir haben also vierundzwanzig Stunden Zeit, den Kälteschläfer aufzuspüren und unschädlich zu machen.«

»Vorausgesetzt, daß meine Theorie stimmt und daß die Tochterparasiten ohne fortwährende Stimulation durch den Mutterparasiten nicht lebensfähig sind.« Dr. Go zuckte die Schultern. »Es tut mir leid. Das ist alles, was ich dazu sagen kann.«

»Sie haben uns sehr geholfen, Doktor«, versicherte Bess. »Informieren Sie mich sofort, wenn sich der Zustand der Infizierten ändert.«

Der Bordarzt nickte. Sein Gesicht verschwand vom Bildschirm, und Bess nahm Verbindung mit der SD-Zentrale im 1. OD auf. Sekunden später wurde Muller McLasky sichtbar, schnaufend, schwitzend, mit grimmiger Miene.

»Endlich!« sagte er barsch. »Ich warte seit einer Stunde auf Ihren Anruf. Wir müssen endlich etwas unternehmen. Die Flüchtlinge sind völlig hysterisch; überall werden die wildesten Gerüchte über den Ursprung dieser Seuche verbreitet. Irgend jemand hat behauptet, daß Sie den Erreger aus der Schattenwelt eingeschleppt haben – wahrscheinlich steckt Lady Gondelor dahinter. Oder Vordermann Frust. Wenn wir der gezielten Panikmache nicht bald entgegentreten, gerät die Lage völlig außer Kontrolle. Ich schlage vor, wir stellen Gondelor und Frust unter Arrest. Zur Abschreckung für die unverantwortlichen Gerüchtemacher. Außerdem bin ich überzeugt, daß die beiden bei Clusters Putsch die Fäden gezogen haben. Und was Cluster betrifft – wir sollten unverzüglich gegen ihn und seine Offiziere Anklage erheben. Die Sicherheit des Schiffes ...«

»... wird derzeit weder durch Cluster noch durch Frust oder Gondelor bedroht«, unterbrach Flaming Bess den Wortschwall des SD-Chefs. Mit kurzen Worten setzte sie ihm Dr. Gos Erkenntnisse auseinander und schloß: »Unsere einzige Chance ist es, den Kälteschläfer – den Wirt des Mutterparasiten – auszuschalten. Wir haben vierundzwanzig Stunden, mehr nicht.«

»Völlig unmöglich«, erwiderte McLasky. »Ich habe nicht genug Leute für eine systematische Durchsuchung der einzelnen Decks. Und wenn dieser Schläfer sich tatsächlich an Bord so gut auskennt, wie Sie befürchten ...«

»Wir werden die Flüchtlinge rückhaltlos über die Situation informieren und sie bitten, bei der Suche nach dem Kälteschläfer zu helfen.«

»Amateure!« schnaubte der SD-Chef. »Wir brauchen Profis; Amateure verderben alles.«

Bess lächelte gläsern. »In Ordnung. Wenn Sie Profis brauchen, sollen Sie sie bekommen. Ich möchte, daß Sie bis auf Cluster alle inhaftierten Flottenoffiziere entlassen. Sagen Sie ihnen, daß ich bereit bin, auf eine Bestrafung zu verzichten, wenn sie sich in Zukunft loyal verhalten. Sagen Sie ihnen, daß sie Gelegenheit bekommen, sich bei der Suche nach dem Kälteschläfer zu bewähren.«

McLasky schnappte nach Luft. »Aber ...! Das ist ...«

»... ein Befehl. Rachsucht bringt uns nicht weiter. Clusters Männer haben falsch gehandelt, aber ich kann ihre Motive verstehen. Die eigentliche Schuld trifft den Admiral, nicht seine Untergebenen.«

»Sie machen einen Fehler, Kommandantin«, warnte McLasky. »Einen großen Fehler.«

»Wir werden sehen. Stellen Sie einen Einsatzplan zusammen. Stationieren Sie in jedem Deck einen schlagkräftigen Trupp aus SD-Männern und Raumsoldaten. Wenn der Kälteschläfer wieder auftaucht, darf er keine Chance haben, sich in das System der Wartungsschächte zurückzuziehen, verstanden?« Flaming Bess warf einen Blick auf die Zeitanzeige ihres Multifunktionsarmbands. »In einer halben Stunde bin ich bei Ihnen.«

McLasky öffnete den Mund, sagte aber nichts.

»Ja? Noch etwas?«

»Was soll mit Cluster geschehen?« fragte der SD-Chef. »Soll er weiter in Haft bleiben? Oder wollen Sie auch ihn begnadigen?« Er sprach das letzte Wort wie eine Beleidigung aus.

»Das entscheide ich, sobald die Gefahr durch die Neuroparasiten beseitigt ist.«

Bess schaltete ab und drehte sich mit dem Sessel zu ihrer Crew herum. »Ihr habt mitgehört. Wir werden McLasky bei der Suche unterstützen. Katz und Fortunato – ihr schaut euch in den Maschinendecks um. Vira und Di Grey übernehmen das 4., 5. und 6. Oberdeck. Ich kümmere mich mit Ka um die übrigen Decks. Chip und Glory bleiben in der Zentrale und koordinieren den Einsatz der einzelnen Gruppen. Alles klar?«

Die Crewmitglieder nickten.

Nur Ka wirkte skeptisch. Bess sah den Clansmann fragend an.

»McLasky hat recht«, erklärte Ka. »Die Meuterer haben Strafe verdient. Die Begnadigung ist ein Fehler, Bess.«

Sie zuckte die Schultern. »Vielleicht. Es wird sich zeigen.«

Dann wandte sie sich wieder ihrem Terminal zu und aktivierte den Interkom, um die Flüchtlinge in den Oberdecks über die Lage zu informieren. Sie bemerkte nicht den düsteren Ausdruck, der sich einen Moment lang wie ein Schatten über das Narbengesicht des Clansmanns legte, und auch nicht das plötzliche entschlossene Funkeln in seinen Augen.

Cluster, dachte der Clansmann. *Er hat versucht, Glory Moon zu töten. Für Cluster darf es keine Gnade geben …*

7

Es spürte, daß die Zeit der Jagd begann. Es roch die Angst, die sich wie Giftgas im Schiff ausbreitete, und den Haß hinter der Angst, die tödliche Entschlossenheit. Es kannte diesen Geruch. Einst hatte er schon einmal das Schiff verpestet und die Zeit der Jagd eingeläutet.

Einst ...

Ein Zittern durchlief den Wirtskörper, der zusammengekauert in der dunklen, staubigen Röhre des Wartungsschachts darauf wartete, daß Es erneut zur Tat schritt und die Saat in die Leiber der Wirte pflanzte. Es registrierte das Zittern, und Es war beunruhigt. Es wußte, wie gefährlich es war, aus dem Gehirn des Wirtes die Erinnerungen abzurufen, die Bilder der Vergangenheit heraufzubeschwören, denn die Erinnerung kittete die zersplitterte Persönlichkeit des Namenslosen. Für begrenzte Zeit kehrte sein Ich aus den Tiefen zurück, in denen es dumpf vor sich hin vegetierte, seit der Parasit sein Gehirn übernommen hatte.

Doch Es mußte sich erinnern.

Denn die Jagd begann. Und die Saat in den anderen Wirten war noch nicht aufgegangen. Von seinen Ablegern konnte Es keine Hilfe erwarten; im Gegenteil, die Töchter brauchten die Hilfe des Mutterparasiten, um zu wachsen und den Widerstand der Wirte zu brechen. Es war genau wie damals: Nach der Saat die Jagd, die gnadenlose Verfolgung.

Einst ...

ER WAR TRUMBULL, UND ER HATTE SEIN LEBEN LANG VON DEN STERNEN GETRÄUMT. ER HATTE DIE LICHTER UND DAS PULSIERENDE

LEBEN VON NEW YORK GEGEN DIE LICHTER DES ALLS UND DIE STILLE DES WELTRAUMS GETAUSCHT. ER WAR MIT DER *NOVA STAR* ZU FERNEN SONNEN AUFGEBROCHEN, UND ER HATTE NICHT GEWUSST, DASS ES DORT DRAUSSEN IM NICHTS DINGE GAB, DIE EINEN MENSCHEN IN EIN DING VERWANDELN KONNTEN. ER WAR TRUMBULL, UND ER HATTE DEN TOD AN BORD GEHOLT.

Der Wirtskörper zitterte heftiger. Ein wildes Stöhnen entrang sich seiner Kehle. Knochige Finger tasteten blind über den staubigen Boden des Wartungsschachts. Der Wirtskörper erinnerte sich, und Es besah mit kalten, schlauen Augen die Bilder der Vergangenheit.

»WAS IST MIT DIR, TRUMBULL?« FRAGTE ANGELINA, DIE CHEFIN DER WARTUNGSCREW, DIE ÜBER DAS RAUMSCHIFF WACHTE, WÄHREND DIE HUNDERTTAUSEND KOLONISTEN IN IHREN KÄLTEBETTEN SCHLIEFEN UND DARAUF WARTETEN, DASS DIE *NOVA STAR* IHR FERNES ZIEL ERREICHTE. »WAS IST MIT DIR, TRUMBULL?« FRAGTE ANGELINA, UND ER STRICH SANFT MIT SEINER KALTEN HAND ÜBER IHRE WANGE UND PFLANZTE DIE SAAT IN IHR WARMES FLEISCH.

Die Bilder wechselten.

ER WAR TRUMBULL, DOCH SCHON BEGANN ER SEINEN NAMEN ZU VERGESSEN, DENN DAS DING IN IHM WUCHS UND WUCHS, ÜBERWUCHERTE SEIN GEHIRN, FRASS SICH TIEF IN SEINE MENSCHLICHE SEELE HINEIN. ER WAR

TRUMBULL, UND SEINE AUGEN WAREN GRÜNLICH-BLAU, WIE BEMOOST, UND DAS DING LENKTE SEINE SCHRITTE. ER WANDERTE DURCH DIE SCHLAFRÄUME, GING VON KÄLTEBETT ZU KÄLTEBETT, UND WECKTE DIE SCHLÄFER, UM SIE MIT SEINER KALTEN HAND ZU BERÜHREN.

Der Wirtskörper krümmte sich (und weit von ihm entfernt, im 4. Oberdeck, in den Isolierkabinen der Quarantänestation, krümmten sich auch die anderen Wirte, Goldberg und Greldin, Vanshunje, Jorna Kard, dreiundsechzig Menschen, synchron in einem einzigen Bewegungsmuster gefangen). Die Bilder kamen und gingen, und Es forschte weiter, suchte nach einem Hinweis, wie Es sich den Nachstellungen der Jäger entziehen konnte.

ER WAR TRUMBULL, UND ER WURDE DURCH DIE GÄNGE UND KORRIDORE DES SCHIFFES GEHETZT. ER HATTE ZUVIEL ZEIT VERLOREN. STATT DIE AUSSAAT FORTZUSETZEN, HATTE ER NACH DEM SCHREIN DER KOMMANDANTIN DER *NOVA STAR* GESUCHT, DENN DAS DING IN IHM WOLLTE UM JEDEN PREIS VERHINDERN, DASS FLAMING BESS ERWACHTE. FLAMING BESS, DIE SCHÜTZENDE HAND DER ERDE, DIE ÜBERLEBENSSPEZIALISTIN, DIE EINGREIFEN WÜRDE, WENN DAS LEBEN DER KOLONISTEN UND DIE SICHERHEIT DES RAUMSCHIFFES BEDROHT WAR, WENN ALLE ANDEREN MITTEL ZUR ABWEHR DER GEFAHR VERSAGTEN. DAS DING IN TRUMBULL HATTE DEN SCHREIN DER KOMMANDANTIN SCHLIESSLICH GEFUNDEN UND TRUMBULL DAZU GEZWUNGEN, DIE ERWECKUNGSAUTOMATIK ZU BLOCKIEREN.

FLAMING BESS WÜRDE NICHT ERWACHEN. DOCH DIE SUCHE HATTE ZUVIEL ZEIT GEKOSTET. NUR EIN TEIL DER HUNDERTTAUSEND MENSCHEN AN BORD WAR VON DEN TOCHTERPARASITEN ÜBERNOMMEN WORDEN, UND JENE, DIE VERSCHONT GEBLIEBEN WAREN, BEGANNEN DIE WIRTE ZU JAGEN, AUFZUSPÜREN UND ZU TÖTEN. IN ALLEN DECKS TOBTEN ERBITTERTE KÄMPFE, UND DAS DING IN TRUMBULL HÖRTE DIE TODESSCHREIE SEINER ABLEGER.

Es hatte genug gesehen. Es wußte nun, welchen Fehler Es damals gemacht hatte. Es hatte zu lange gewartet. Es konnte nur überleben, wenn Es rasch handelte, die Saat in soviel Wirte wie möglich pflanzte. Jeder Wirt, in dem die Saat aufging, war ein Jäger weniger. Zögern war tödlich. Zögern war …

Ein Gedanke blitzte in den Tiefen des menschlichen Gehirns auf.

ICH BIN TRUMBULL. ICH BIN …

Es unterdrückte den Gedanken, kämpfte das matte Aufbegehren des Wirtes nieder und forschte alarmiert nach Anzeichen für eine Regeneration der Trumbull-Persönlichkeit. Als Es nichts fand, machte Es sich beruhigt auf den Weg zur nächsten Ausstiegsluke, von lüsterner Gier erfüllt, vom wilden Drang getrieben, die Töchter ins fruchtbare Fleisch der Wirte zu säen.

Gahl Belfort befand sich in Phibus Rumpels Kabine, als der Interkommonitor neben der Tür aufleuchtete und das Gesicht der Kommandantin erschien: kühle, große Augen, hohe Wangenknochen, bronzefarbene

Haut, ein Gesicht von klassischer Schönheit, umrahmt von schwarzen, seidig glänzenden Haaren.

»Nicht mal in seiner eigenen Kabine hat man Ruhe«, krächzte Phibus Rumpel.

Der alte Mann hustete und schielte über den Rand seiner Brille zum Interkom. In eine Thermodecke gehüllt, saß er aufrecht im Bett, wächsern bleich, runzlig und ausgezehrt, ein Greis, von schwerer Krankheit gezeichnet. Seit Wochen war Rumpel ans Bett gefesselt, und Gahl kümmerte sich in ihrer Freizeit um den alten Mann.

»Einfach unerhört«, zeterte Rumpel. »Auf den Gedanken, daß man ungestört sein möchte, scheint Flaming Bess ...«

»Pst!« machte Gahl. »Vielleicht ist es etwas Wichtiges!«

Der Alte grummelte und schnitt eine Grimasse. Wie gebannt lauschte Gahl Flaming Bess' Worten. Im nüchternen Tonfall berichtete die Kommandantin über die Hintergründe der Amokseuche und warnte die Flüchtlinge vor dem Kälteschläfer. Ein verschwommenes Foto des Kälteschläfers wurde eingeblendet; es zeigte eine magere Gestalt in einem schmutzigen leichten Raumanzug, die soeben im Zustieg eines Wartungsschachts verschwand. Zum Schluß forderte Flaming Bess die Flüchtlinge auf, umgehend den Sicherheitsdienst zu benachrichtigen, wenn sie etwas Verdächtiges bemerkten, und unter allen Umständen jeden Körperkontakt mit dem Schläfer zu vermeiden. Fast beiläufig teilte sie mit, daß die an Clusters Meuterei beteiligten Flottenoffiziere und -soldaten aus der Haft entlassen werden sollten, um sich bei der Suche nach dem Kälteschläfer zu bewähren.

Gahl Belfort sprang von ihrem Sitzpolster auf.

»Haben Sie gehört, Phibus?« rief sie freudestrahlend. »Calvin wird entlassen! Er wird nicht vor Gericht gestellt!«

»Natürlich habe ich es gehört«, knurrte der alte Mann. »Und es ist so ziemlich das Dümmste, was mir ...« Gahls Gesichtsausdruck ließ ihn verstummen. »Na«, fuhr er versöhnlich fort, »vielleicht ist's in dieser Situation das Beste. Jedenfalls freut es mich für dich, Mädchen. Hast ja an diesem Burschen richtig einen Narren gefressen. Aber an deiner Stelle würde ich ihm tüchtig den Kopf waschen. Hab sowieso nie verstanden, warum er bei Clusters verrücktem Plan mitgemacht hat.«

Gahl seufzte und strich ihr langes blondes Haar zurück. »Das habe ich mich auch oft gefragt. Wenn ich ihn darauf ansprach, sagte er, er wollte das Schlimmste verhüten. Ich glaube, Calvin hat bis zum letzten Moment gehofft, daß der Admiral einlenken würde. Ich bin sicher, er hätte nie zugelassen, daß Flaming Bess umgebracht wird.«

Phibus Rumpel kicherte. »Reichlich naiv, dein junger Freund. Ich hab von Anfang an gewußt, daß Cluster zu allem fähig ist. Manche Leute lernen es nie.«

Gahl beugte sich zu ihm hinunter und hauchte ihm einen flüchtigen Kuß auf die Wange. »Tut mir leid, Phibus, aber ich muß gehen. Ich muß zu Calvin. Das verstehen Sie doch, oder?«

»Sicher.« Der Alte lächelte, doch dann wurde er wieder ernst. »Sei vorsichtig, Mädchen. Nicht daß dich der Schläfer erwischt!«

Sie winkte ab. »Keine Sorge, ich paß schon auf mich auf. Ich komme später wieder und bringe Ihnen Ihre Medizin.«

Rumpel schüttelte sich. »Bleib mir mit Dr. Gos gräßlichen Tropfen vom Leib. Die einzige Medizin, die mir helfen kann, ist eine Flasche Vurguzz. Ich bin nicht krank; es ist nur das Alter. Eine Flasche Vurguzz, und ich springe wie ein junger Gott aus dem Bett.«

»Und dann in die Grube, was? Nichts da, Phibus. Dr. Go hat Ihnen streng verboten ...«

»Ins Schwarze Loch mit Dr. Go!« knurrte Phibus Rumpel. »Wenn es nach ihm ginge, müßte ich den Rest meines Lebens im Bett verbringen und seine gallenbitteren Stärkungstropfen schlucken.«

»Bis später, Phibus.« Gahl winkte ihm zu, öffnete die Tür und trat hinaus auf den Korridor. Calvin ist frei! dachte sie glücklich, während sie zu ihrer Kabine eilte. Und wenn diese schreckliche Sache mit der Seuche und dem Kälteschläfer erledigt ist, wird er wieder bei mir sein. Hoffentlich finden sie den Schläfer bald ...

Jedenfalls mußte sie Calvin sehen, bevor er zur Suche nach dem Kälteschläfer eingesetzt wurde. Sie wollte ihm zeigen, daß sie ihn liebte und immer lieben würde, ganz gleich, was geschah. Wenn sie sich sputete, konnte sie rechtzeitig zu seiner Entlassung aus dem SD-Trakt im 1. Oberdeck sein.

Gahl stürmte in ihre Kabine und wurde von Diva mit einem leisen Miauen begrüßt. Die Katze lag zusammengerollt auf dem Bett und blinzelte schläfrig. Als Gahl an ihr vorbei in die Naßzelle eilte und sich rasch, aber sorgfältig frisierte, miaute die Katze erneut; diesmal klang es beleidigt.

»Ich kann mich jetzt nicht um dich kümmern«, sagte Gahl entschuldigend. »Ich muß zu Calvin, verstehst du?«

Sie streifte ihr weißes Baumwollkleid ab und öffnete den Wandschrank, der ihre wenigen Habseligkeiten enthielt. Kritisch betrachtete sie das knappe

Dutzend Kleidungsstücke; mehr war ihr nach den Jahren der Flucht nicht geblieben. Wie die meisten Flüchtlinge hatte sie kaum mehr als ihr nacktes Leben retten können – im Gegensatz zu Lady Gondelor. Die ehemals reichste Frau des Sternenbundes war mit ganzen Containern voll kostbarem Besitz nach Terminus entkommen. In den Schränken ihrer Suite im 1. OD hingen, wenn die Gerüchte stimmten, mehrere hundert Exklusivmodelle der besten Modeschöpfer der Galaxis.

Wahrscheinlich hat Gondelor mehr Modellkleider als es Tage im Jahr gibt, dachte Gahl. Und ich muß mich mit diesem alten Plunder begnügen. Es ist eine Schande!

Schließlich entschied sie sich für einen hautengen schwarzen Overall mit eingearbeiteten Aromadepots, der ihre Figur zur Geltung brachte und nach süßer Frühlingsluft duftete. Ein letzter prüfender Blick in den Spiegel; gut. Sie lächelte. Vielleicht hätte sie noch etwas Make-up auftragen sollen, aber die Zeit war knapp.

Gahl warf Diva eine Kußhand zu und verließ die Kabine. Sie wandte sich nach rechts und bog in den breiten Hauptkorridor, der den bugwärts gelegenen Kabinentrakt mit der Zentralsektion des 3. Oberdecks verband. Auf ihrem Weg zum Hauptaufzug begegneten ihr nur wenige Menschen. Offenbar hatten sich die meisten Flüchtlinge aus Furcht vor dem Kälteschläfer und der Amokseuche in ihre Unterkünfte zurückgezogen.

Die blonde junge Frau lächelte.

Sie hatte keine Angst. Flaming Bess würde schon dafür sorgen, daß die Gefahr rasch gebannt wurde. Sie vertraute der Kommandantin; schließlich hatte

Flaming Bess mehr als einmal bewiesen, daß sie mit jeder Situation fertig wurde.

Gahl dachte an Calvin Kospodin, und ihr wurde ganz leicht ums Herz. Wie sehr hatte sie ihn vermißt! Hätte Calvin auf sie gehört und sich rechtzeitig von dem verrückten Admiral losgesagt, wäre er nicht in diese furchtbare Lage geraten. Hoffentlich war er in Zukunft vernünftiger. Er mußte endlich erkennen, daß ihre einzige Hoffnung die Erde war. Nur mit Hilfe der Erde konnten sie die Welten des Sternenbundes von den Herculeanern befreien.

Sie erreichte die Zentralsektion und gelangte in den Korridor, der zum Hauptaufzug führte. Schon von weitem konnte sie die schimmernde Schachtröhre sehen. Ihre Schritte stockten – vor dem Aufzug hatten sich mehrere Männer in den dunkelblauen Uniformen des Sicherheitsdienstes postiert. Sie waren mit Schockern und leichten Strahlgewehren bewaffnet.

Einer der SD-Männer kam ihr entgegen. Er war groß und kräftig, hatte kurzgeschnittenes, aschgraues Haar und schmale, farblose Augen, wie sie für die Terminusgeborenen typisch waren.

Gahl lächelte scheu; sie kannte den Mann. Er hieß Darb und hatte nach den Mordanschlägen auf Flaming Bess die Fahndung nach den Tätern geleitet, bei denen es sich um Anhänger des Kultes der Letzten Tage gehandelt hatte. Die Erinnerung an jene Ereignisse war für Gahl nicht angenehm – sie war selbst unter den Einfluß Mahmeds geraten und von ihm zu einem Attentat auf die Kommandantin mißbraucht worden. Zum Glück hatte Calvin Kospodin im letzten Moment eingegriffen und den Anschlag vereitelt. Der Kult war zerschlagen, doch seitdem fehlte von Mahmed, dem Propheten, jede Spur.

Darb blieb vor Gahl Belfort stehen. »Sie sollten in dieser Situation nicht allein im Schiff herumspazieren«, sagte er barsch, und Gahl spürte seine unterschwellige Nervosität. Auch die anderen SD-Männer wirkten nervös. »Es ist zu gefährlich, Gahl. Solange wir den Schläfer nicht dingfest gemacht haben, sollten Sie in Ihrer Kabine bleiben. Hier im 3. OD hat es die meisten Opfer gegeben.«

»Ich weiß, aber ich muß ins 1. OD«, erklärte Gahl. »Es ist wichtig. Ich ...«

»Tut mir leid«, unterbrach Darb, »der Aufzug ist gesperrt. Anweisung von Muller McLasky. Bis zur Beseitigung der Gefahr dürfen Zivilpersonen ihr Wohndeck nicht verlassen. Kehren Sie bitte in Ihre Kabine zurück.«

»Aber ich *muß* nach unten!« protestierte Gahl. »Sie wissen, daß Flaming Bess die Flottenoffiziere begnadigt hat, und daß ich mit Calvin Kospodin ...«

»Bedaure, Gahl. Ich kann keine Ausnahme machen.« Darb lächelte schief. »McLasky würde mich ohne Raumanzug aus dem Schiff werfen lassen. Und Sie sind in Ihrer Kabine besser aufgehoben. Sie wissen doch, was für schreckliche Dinge geschehen sind. Dieser Amokläufer, der mit einem Eispickel mehrere Menschen erschlagen hat ... Oder diese Frau, Jorna Kard, die die Kinder ...«

Er brach ab.

Seine Mundwinkel zitterten.

»Eines der Opfer war meine Tochter«, sagte er rauh.

Gahl sah ihn mitleidig an. »Das wußte ich nicht. Es ... muß sehr schlimm für Sie sein, Darb.«

Er straffte sich. »Jedenfalls – ich darf Sie nicht passieren lassen. Wenn Sie es wünschen, begleitet einer meiner Leute Sie zum Kabinentrakt. Für alle Fälle.«

»Nicht nötig, danke.« Sie schüttelte den Kopf und versuchte ein Lächeln. »Mir wird schon nichts passieren.«

»Trotzdem«, beharrte der SD-Mann.

»Die Korridore sind voller Menschen«, log Gahl und wandte sich zum Gehen. »Vielen Dank für Ihr Angebot, aber der Kälteschläfer wird sich wohl kaum in die belebten Sektionen wagen.«

Sie schritt eilig davon. In ihrem Rücken spürte sie Darbs besorgte Blicke, bis sie in einen Seitengang bog. Dann begann sie zu laufen. Verdammt, sie mußte Calvin sehen! Es war einfach lächerlich, ihr das Verlassen des Decks zu verbieten. McLasky übertrieb mit seinen Vorsichtsmaßnahmen. Wahrscheinlich hatte der Schläfer längst bemerkt, daß fieberhaft nach ihm gesucht wurde, und versteckte sich irgendwo in den Maschinendecks.

Gahl wandte sich luvwärts, umging die Zentralsektion und näherte sich dem Heck. In der Hecksektion mit ihren menschenleeren Korridoren und den Magazinen und Lagerräumen kannte sie sich aus. Mit ein wenig Glück würde es ihr gelingen, den SD-Patrouillen auszuweichen und die Nottreppe zu erreichen, die sie bei ihrer Arbeit als Registratorin entdeckt hatte. Die peripheren Aufzüge wurden bestimmt ebenfalls bewacht, aber sie glaubte nicht, daß der SD genug Männer hatte, um auch …

Gahl blieb stehen.

War da nicht soeben ein Geräusch gewesen? Wie von einer sich öffnenden Luke?

Beunruhigt sah sie sich um. Der Korridor war still und leer und mündete weit vor ihr in einen breiten, hellerleuchteten Hauptgang. Plötzlich bereute sie ihren Entschluß. Wenn der Kälteschläfer …

Das Geräusch wiederholte sich. Es kam aus dem Hauptgang. Dann – Schritte. Schwere Schritte.

Gahl stöhnte auf und wich zurück. Die Schritte wurden lauter. Gahl preßte sich an die Wand und starrte mit schreckgeweiteten Augen nach vorn, zum hellen Halbrund der Korridormündung, wo in diesem Moment eine Gestalt sichtbar wurde.

Ein Mann.

In einer dunklen Uniform, einer blauen Uniform.

Ein SD-Mann auf Patrouille.

Fast hätte sie vor Erleichterung geschluchzt. Der Mann warf einen kurzen, forschenden Blick in den Seitengang, aber er entdeckte Gahl nicht. Im Seitengang war es dunkler als im Hauptkorridor, und ihr schwarzer Overall ließ sie mit der Wand verschmelzen.

Der SD-Mann verschwand aus ihrem Blickfeld. Seine Schritte entfernten sich und verklangen. Bis auf Gahls gepreßte Atemzüge war es wieder still. Sie löste sich von der Wand und sah nervös über die Schulter – und direkt in ein bleiches, hohlwangiges, stoppelbärtiges Gesicht.

Einen Moment lang setzte ihr Herzschlag aus.

Wie ein Gespenst war der Bleiche hinter ihr aufgetaucht, ein Gespenst mit grünlich-blau verfärbten Augen, Raubtieraugen, gierig glitzernd und zugleich fremd und kalt wie der Weltraum. Äußerlich war er ein Mensch, doch Gahl spürte mit jeder Faser ihres Körpers, daß seine menschliche Gestalt nur eine Maske war, hinter der sich ein schreckliches, gnadenloses Ding verbarg, eine Kreatur, die von unverständlichen Trieben und abseitigen Bedürfnissen beherrscht wurde.

Und dennoch war da etwas in diesen Augen, das zutiefst menschlich wirkte, eine Verzweiflung und wilde Entschlossenheit, wie sie nur jemand empfinden konnte, der um sein Leben kämpfte.

Gahl schrie, und ihr Schrei brach den Bann.

Der Kälteschläfer stieß ein Knurren aus und griff nach ihr. Gahl duckte sich, und die knochige Hand des Schläfers verfehlte sie um Haaresbreite. Sie schrie wieder, von grausiger Angst erfüllt, und wich zurück. Der Schläfer – *das Ding* – knurrte erneut. Sein Gesicht, soeben noch schlaff und völlig ausdruckslos wie das eines Ohnmächtigen, verzerrte sich.

Wieder stieß seine Hand vor, und Gahl entging der Berührung nur durch eine blitzschnelle Drehung. Sie rannte, und sie schrie, und sie hörte hinter sich die Schritte ihres Verfolgers.

Der SD-Mann! durchfuhr es sie. Vielleicht ist er noch in der Nähe, vielleicht hört er meine Schreie, vielleicht …

Sie stolperte, stürzte, schlug schwer auf dem Boden auf.

Heißer Schmerz durchsengte ihre Schulter. Sie schluchzte und rollte sich herum, und über ihr stand der Schläfer, die menschliche Maske des Neuroparasiten.

Das ist das Ende, dachte Gahl benommen.

Sie sah in seine verfärbten, entmenschlichten Augen, und mit einem Blick voller Lüsternheit beugte er sich zu ihr hinunter und streckte die Hand aus. Seine Fingerspitzen waren nur noch Zentimeter von ihrem Gesicht entfernt.

Ein Energiestrahl blitzte auf und traf den Schläfer an der Schulter, brannte ein faustgroßes Loch hinein. Es stank nach verschmortem Gewebe, verkohltem Fleisch. Er taumelte zurück und hob knurrend den

Kopf. Der nächste Schuß durchschlug seine Brust und warf ihn von den Beinen.

Gahl schluchzte.

Sie stand noch immer unter Schock, und nur langsam sickerte die Erkenntnis in ihr Bewußtsein, daß der Schläfer tot war, daß ihr keine Gefahr mehr drohte.

»Alles in Ordnung?« fragte eine rauhe Stimme.

Sie blinzelte die Tränen fort und blickte zu dem SD-Mann auf, der zögernd, mit der entsicherten Strahlpistole in der Hand, näher trat. Sein junges, bartloses Gesicht war von hektischen roten Flecken überzogen. Zwischen ihr und dem toten Schläfer verharrte er und griff mit der freien Hand nach dem Bildsprechgerät an seinem Gürtel.

»Hat er … hat er Sie berührt?« fragte der SD-Mann.

Sie schüttelte wortlos den Kopf.

Er wirkte erleichtert und schob den Strahler in das Waffenholster. Dann bückte er sich und reichte ihr die Hand, um ihr beim Aufstehen zu helfen.

Ein Scharren hinter seinem Rücken ließ ihn herumwirbeln, doch seine Reaktion kam zu spät – trotz der schrecklichen Wunden sprang der Kälteschläfer auf, geschmeidig wie eine Raubkatze, und schmetterte dem SD-Mann die Faust gegen die Schläfe.

Mit einem Röcheln brach der Mann zusammen.

»Nein«, wimmerte Gahl. »Nein, *nein!*«

Es konnte nicht sein! Der Kälteschläfer war tot! Niemand konnte derartige Verletzungen überleben!

Aber der Schläfer lebte, und statt Schmerz spiegelte sich in seinem hohlwangigen Gesicht jene unheilige, unmenschliche Lust.

Achtlos stieg er über den reglosen Körper des SD-Manns hinweg. Nur noch Sekunden, und er würde sie berühren, sie mit dem Parasiten infizieren, sie in eine Amokläuferin verwandeln.

Ein gellender Schrei löste sich von Gahls Lippen.

Der Schläfer fuhr zusammen. Er stöhnte und preßte beide Hände gegen seinen Schädel. Er starrte Gahl Belfort an, und zum ersten Mal schien er sie bewußt wahrzunehmen.

»O Gott!« keuchte er. »Mein Gott! Was habe ich …«

Er krümmte sich und stöhnte erneut, begann am ganzen Körper zu zittern.

»Helfen Sie mir!« stieß er hervor. »Mein Gott, mein Gott, ich …«

Er wurde von Krämpfen geschüttelt, stürzte, zuckte und schnappte nach Luft, wie ein Fisch auf dem Trockenen, und dann schrie er, und das Entsetzen, das sich in seinem Schrei verriet, ließ das Blut in Gahls Adern gefrieren.

Schwankend stand er auf und stolperte davon, verschmolz bald mit der Dämmerung des Korridors, und nur noch seine gequälten Schreie hingen in der Luft.

Gahl schüttelte die Lähmung ab und kroch zu dem bewußtlosen SD-Mann. Mit klammen Fingern löste sie das Bildsprechgerät von seinem Gürtel und schaltete es ein.

»Der Schläfer!« schluchzte sie. »Er ist hier, im 3. OD, in der Hecksektion. Hört mich jemand? Ich brauche Hilfe. Der Schläfer …«

Und während sie sprach, wurden die grausigen Schreie des Schläfers leiser und leiser. Stille kehrte ein. Gahl lag da, hielt das Bildsprechgerät umklammert, und wartete auf das Eintreffen des Sicherheitsdienstes.

ER WAR TRUMBULL, UND ER LEBTE IN EINER WELT AUS SCHMERZ UND GRAUEN.

ER WAR EIN MENSCH DER ERDE, UND ER WAR DEM LOCKRUF DER STERNE GEFOLGT, UM AUF EINER NEUEN WELT EIN NEUES LEBEN ZU BEGINNEN, DOCH STATT DESSEN WAR ER DEM TOD BEGEGNET. ER WAR GESTORBEN, NICHT KÖRPERLICH, SONDERN GEISTIG. ETWAS BÖSES, HUNGRIGES HATTE SEINE SEELE VERSCHLUNGEN, UND DAS BÖSE WAR NOCH IMMER IN IHM. ER WAR INS LEBEN ZURÜCKGEKEHRT, ABER ER WAR SCHWACH UND SCHMERZGEPEINIGT, UND DAS BÖSE WAR STARK UND ENTSCHLOSSEN, SEINE SEELE ERNEUT ZU TÖTEN, UND DIESMAL FÜR IMMER.

ER WAR TRUMBULL, UND ER ERINNERTE SICH.

AN MORD UND RASEREI, AN MENSCHEN MIT MOOSBEDECKTEN AUGEN, AN GÄNGE UND RÄUME VOLLER LEICHEN, AN ...

Es kämpfte.

Der Wirt rebellierte, und Es kämpfte ums Überleben. Es drängte die Erinnerungen der Trumbull-Persönlichkeit zurück, denn aus den Erinnerungen schöpfte der Wirt neue Kräfte. Von fern hörte Es das Wispern und Raunen der Ableger, die in den Gehirnen der anderen Wirte heranwuchsen. Die Töchter des Mutterparasiten spürten, daß Es in Gefahr war, und die extrasensorische Verbindung zwischen ihnen sorgte dafür, daß ihre Wirte die Qualen des Trumbull-Wirtes erlitten.

Der Trumbull-Wirt war verletzt.

Der Schmerzschock hatte Es vorübergehend betäubt und der Trumbull-Persönlichkeit ermöglicht, aus den Tiefen des

Unbewußten heraufzusteigen und die Herrschaft des Parasiten zu erschüttern.

Aber Es war stärker. Es kämpfte und Es siegte.

Nur um zu erkennen, daß der Sieg eine Täuschung war. Die Verletzungen des Wirtskörpers waren so schwer, daß sie in absehbarer Zeit zum Zusammenbruch des Organismus führen würden. Und der Tod des Wirtes war gleichbedeutend mit dem Tod des Mutterparasiten; und wenn die Mutter starb, ehe die Töchter voll ausgewachsen waren, würden auch die Töchter sterben.

Es brauchte ein Versteck.

Einen Ort, wo Es sich ausruhen und die Wunden pflegen und die Töchter mit stimulierenden Impulsen versorgen konnte. Einen Ort, wo Es sicher vor den Jägern war; einen Ort, wo man Es nie vermuten würde.

Aber Es kannte keinen derartigen Ort.

Es war nicht intelligent genug, um die Denkprozesse der Wirte nachzuvollziehen und so ihre nächsten Schritte zu berechnen. Es war schlau, aber die Schläue war geborgt, weil Es sich der Nervenzellen des Wirtsgehirns bedienen konnte. Doch die Psychologie der Wirte war dem Parasiten fremd.

Es benutzte die Wirte, doch Es verstand sie nicht.

Es hatte nur eine Möglichkeit: Es mußte die Kontrolle über die Trumbull-Persönlichkeit lockern und aus ihrem Bewußtsein die nötigen Informationen herausfiltern.

ICH BIN TRUMBULL. ICH BIN EIN MENSCH. ICH ...

Es sagte Trumbull, was Es wollte. Nicht mit Worten, sondern mit Bildern: Es zeigte Trumbull die Jäger und das, was geschehen würde, wenn der Trumbull-Wirt in die Hände der Jäger fiel.

TRUMBULL TOT, VON ENERGIESTRAHLEN VERBRANNT. SCHMERZEN UND ANGST UND EWIGES VERGESSEN.

Es war schlau. Es wußte, daß der stärkste Trieb des Wirtes der nach Selbsterhaltung war, und daß die Wirte ihr eigenes Leben über das Leben des Ganzen stellten. Fremd waren die Wirte, so fremd …

Wohin, Trumbull? fragte Es. Wo sind wir sicher vor den Jägern, Trumbull? raunte Es.

EIN BILD BLITZTE IN TRUMBULL AUF, DAS BILD EINER HELL ERLEUCHTETEN KAMMER, AN EINER WAND KONISCHE BEHÄLTER, DIE SICH BIS ZUR DECKE STAPELTEN, DANEBEN EINE WUCHTIGE SCHALTKONSOLE, UND HINTER DER KONSOLE DER METALLRAHMEN EINES KÄLTESCHREINS. DIE SCHLAFKAMMER IM UNTERSTEN DECK. DORT, SAGTE DAS BILD, WERDEN DIE JÄGER UNS NICHT SUCHEN.

Es war zufrieden.

Es wunderte sich nicht über die Bereitwilligkeit der Trumbull-Persönlichkeit. Fremd waren die Wirte, so fremd …

Es machte sich auf den Weg.

8

Wenige Minuten nach Gahl Belforts Hilferuf wimmelte es in der Hecksektion des 3. Oberdecks von SD-Männern und Raumsoldaten. Dr. Go und mehrere Sanitäter in blütenweißen Schutzanzügen kümmerten sich um Gahl und den jungen SD-Mann, der von dem Kälteschläfer niedergeschlagen worden war, und als Flaming Bess und Ka an der Unglücksstelle eintrafen, hörten sie schon von weitem Muller McLaskys gereizte Stimme.

»Sie ist die einzige Zeugin, Doktor«, brüllte der SD-Chef. »Verdammt, sie kann uns vielleicht wertvolle Hinweise liefern. Ich will ihr nur ein paar Fragen stellen und ...«

»Keine Fragen«, unterbrach Dr. Go. »Gahl Belfort hat einen Schock erlitten. Sie kann jetzt keine Fragen beantworten.«

McLasky fluchte. »Hören Sie, ich bin für die Sicherheit des Schiffes verantwortlich. Es geht um Leben oder Tod. Ich werde ...«

Flaming Bess schob sich, dicht gefolgt von Ka, an den Uniformierten vorbei. McLasky hatte sich drohend vor dem zierlichen Bordarzt aufgebaut; sein Gesicht war dunkelrot vor Zorn, während Go liebenswürdig lächelte. Gahl Belfort wurde von zwei Sanitätern behutsam auf eine Trage gelegt. Sie war blaß und machte einen benommenen Eindruck; wahrscheinlich hatte Go ihr eine Beruhigungsspritze gegeben. Etwas weiter lag das vorerst letzte Opfer des Kälteschläfers auf einer zweiten Trage. Er war mit elastischen Gurten festgeschnallt und schien erst jetzt aus seiner Bewußtlosigkeit zu erwachen. Er stöhnte und zerrte an den Gurten, und sein junges, hübsches Gesicht war von namenloser Angst entstellt. Seine Augen waren bereits grünlich-blau verfärbt.

Er schrie, als er Flaming Bess erblickte, und die Furcht in seinen Augen ließ sie schaudern.

Ein Sanitäter beugte sich zu ihm hinunter und preßte eine Injektionspistole gegen seine Halsschlagader. Sekunden später begann das Medikament zu wirken; er versank in einen betäubungsähnlichen Schlaf.

Bess blieb vor McLasky und Dr. Go stehen. Zierlich wie er war und mit seinem abgeklärten, leicht zerstreut wirkenden Lächeln erinnerte der Bordarzt an einen weisen, etwas weltfremden Philosophen, wie ein Träumer aus den Studierzimmern der Metaphysiker, doch der wache, scharfe Ausdruck seiner Augen verriet, daß dieser Eindruck eine Täuschung war. Bess wußte, daß Go über eine ausgeprägte Beobachtungsgabe verfügte, der kein noch so unwichtig erscheinendes Detail entging.

Wahrscheinlich sieht er sogar im Dunkeln mehr als Vordermann Frust bei Tageslicht mit seiner Technobrille, dachte sie.

»Gut, daß Sie da sind, Kommandantin«, schnaubte McLasky. »Vielleicht gelingt es Ihnen, Go zur Vernunft zu bringen.«

»Gahl ist zur Zeit nicht vernehmungsfähig«, beharrte der Bordarzt. »Ich kann …«

»Bringen Sie Gahl in die Krankenstation«, befahl Bess. Der Bordarzt nickte und entfernte sich. »Haben Ihre Leute die Verfolgung des Schläfers aufgenommen?« wandte sie sich an den SD-Chef.

McLasky sah sie mürrisch an. »Natürlich. Wie es scheint, hat Rosky« – er deutete auf den bewußtlosen SD-Mann – »ihn mit seinem Strahler erwischt. Der Schläfer ist verletzt. Er hat Blut verloren. Die Spur führt in den nächsten Seitengang und endet dort am Zustieg eines Wartungstunnels. Unglücklicherweise mündet der Tunnel in einen Verteilerknoten, über den sich nicht nur die anderen Decks, sondern auch das System der Klimaschächte erreichen lassen. Mit anderen Worten – der Schläfer kann überall und nirgends sein.«

»Ich liebe Ihre präzisen Auskünfte«, sagte Bess.

Er funkelte sie an. »Wenn Sie mir erlaubt hätten, die Belfort zu verhören, könnte ich Ihnen Genaueres sagen. Ist der Schläfer schwer verletzt? Oder hat er nur einen Kratzer abbekommen? Ein Schwerverwundeter kann nicht weit kommen; er wird sich irgendwo in der Nähe einen Schlupfwinkel suchen. Mit einem Kratzer ...«

»Läßt sich der Grad seiner Verwundung nicht anhand der Menge des verlorenen Blutes bestimmen?« fragte Bess ungeduldig. Sie sah sich kurz um; Ka war nicht in der Nähe. Wahrscheinlich hatte er sich zur Wartungsluke begeben, durch die der Schläfer verschwunden war. Vielleicht fiel dem Clansmann etwas auf, das McLaskys Leute übersehen hatten.

»Es waren nur ein paar Blutspritzer«, erklärte der SD-Chef, »aber das hat nichts zu sagen. Strahlwaffenverletzungen sind sauber; die Blutgefäße werden durch die Hitze verschweißt. Deshalb ist Gahl Belforts Aussage so wichtig. Sie ist die einzige, die uns ...«

»Sie irren sich, McLasky«, sagte Dr. Go. Lautlos war er an Bess' Seite aufgetaucht. »Was die Verletzung des Schläfers angeht, haben wir genau dreiundsechzig Zeugen.«

»Wie? Was?« schnappte der dicke SD-Chef. »Was reden Sie da?«

»Ich meine die dreiundsechzig Opfer des Parasiten, die in der Krankenstation liegen«, erläuterte Dr. Go. »Kurz bevor Sie mich alarmiert haben – also zu dem Zeitpunkt, als es zwischen Rosky und dem Schläfer zum Kampf kam – machten sich bei allen Patienten psychosomatische Beschwerden bemerkbar. Verbrennungen ersten und zweiten Grades an Brustbein, Rücken und Schulter.«

McLasky wischte sich mit dem Handrücken über die Stirn. »Ich verstehe nicht, wie uns ...«

»Aber die Kommandantin versteht, nicht wahr?«

Flaming Bess nickte langsam. »Die extrasensorische Verbindung zwischen dem Mutterparasiten und seinen Ablegern. Der Schläfer wurde von Roskys Energiestrahl getroffen, und der Schock war so stark, daß er bei den Opfern der Tochterparasiten zu einem psychosomatischen Rückschlag führte.«

»Moment mal«, knurrte McLasky, »unsere Strahlpistolen sind kein Kinderspielzeug. Ein Volltreffer in Höhe des Brustbeins ...«

»Der Energiestrahl hat den Schläfer wahrscheinlich durchbohrt«, sagte Go. »Das erklärt auch die psychosomatischen Verbrennungen am Rücken meiner Patienten.«

Der SD-Chef schüttelte ungläubig den Kopf. »Sie scherzen, Doktor. Niemand kann eine derartige Verletzung überleben! Kein Mensch ...«

Er brach ab.

»Kein Mensch, aber ein voll ausgewachsener Neuroparasit mit totaler Kontrolle über den Organismus des Wirtes.« Dr. Go wandte sich ab. »Wahrscheinlich wird er sich an irgendeinen ruhigen Ort zurückziehen, um seinen Wirtskörper zu regenerieren ... Aber das ist Ihr Problem. Wenn Sie noch Fragen haben, finden Sie mich in der Krankenstation.«

Der Bordarzt ging davon.

Muller McLasky sah ihm mürrisch nach. »Ein ruhiger Ort! Verdammt, er braucht sich nur irgendwo in einem abgelegenen Wartungstunnel zu verkriechen, und wir finden ihn nie!«

Bess hob den Arm mit dem Multifunktionsarmband und nahm Verbindung mit der Zentrale auf. Der winzige Monitor wurde hell; Glory Moons dunkelhäutiges Gesicht erschien.

»Gibt es etwas Neues?« fragte Bess.

Die Psychonautin schüttelte den Kopf. »Von dem Schläfer fehlt jede Spur. Aber das war zu erwarten. Er weiß, wo die Videokameras des internen Kontrollsystems angebracht sind, und weicht ihnen aus.«

Bess seufzte. »In Ordnung, Glory. Ich melde mich später wieder.«

Sie unterbrach die Verbindung.

McLasky nagte an seiner Unterlippe. »Wir könnten ein paar von unseren automatischen Spionsonden in die Wartungsschächte schicken«, schlug er vor. »Wenn ich mich recht erinnere, haben wir ein Dutzend von diesen Dingern im SD-Arsenal.«

»In rund vierzehn Stunden«, sagte Bess nach einem Blick auf die Zeitanzeige ihres Multifunktionsarmbands, »wird Goldbergs Parasit ausgewachsen sein; dann gibt es für ihn keine Hoffnung mehr. Glauben Sie, daß Ihre Sonden bis dahin das kilometerlange Gewirr der Wartungs- und Klimaschächte ausgekundschaftet haben?«

»Unmöglich.« Der SD-Chef nestelte am Kragen seiner Uniformjacke. »Aber wir könnten es zumindest versuchen.«

Sie zuckte die Schultern. »Versuchen Sie es.« Aber

sie hatte wenig Hoffnung. Das Schiff war zu groß und bot zu viele Verstecke, und die Zeit lief unerbittlich ab. Der Schläfer – oder der Parasit, der sein Gehirn übernommen hatte – wußte, daß er gejagt wurde. Er würde kein Risiko eingehen; vor allem jetzt nicht mehr, nachdem er bei dem Überfall auf Gahl Belfort verwundet worden war.

Einen Moment lang schloß sie die Augen und versuchte sich in die Lage des Schläfers zu versetzen. Wo würde sie sich verstecken? Nicht im System der Wartungsschächte; dort würde man zuerst suchen. Vielleicht in den Maschinendecks? In einem der vielen hundert Lagerräume in den Hecksektionen der Oberdecks? Es war hoffnungslos; die Möglichkeiten waren zu zahlreich. Und sie konnte sich nicht darauf verlassen, daß der Schläfer wie ein Mensch dachte. Vielleicht folgte der Parasit, der ihn beherrschte, einer völlig fremden Logik …

Jemand berührte ihre Schulter.

Flaming Bess öffnete die Augen und drehte sich um. Es war Ka.

»Ich habe etwas entdeckt«, sagte der Clansmann. »Im Wartungstunnel. Vielleicht ist es ohne Bedeutung, aber…«

»Sehen wir es uns an.«

Sie folgte Ka in den Seitengang und zu der offenen Luke in der Wand. Mehrere Spezialisten des SD waren noch mit der Spurensicherung beschäftigt, aber der Clansmann schickte sie mit einer herrischen Geste fort. Er deutete in die dunkle Öffnung.

»Direkt hinter der Luke«, sagte er knapp.

Bess bückte sich und sah hinein. Eine enge Metallröhre, die nach vier, fünf Metern abknickte. Staubig. Schleifspuren im Staub, der Abdruck einer Hand, und dort … Es sah aus, als hätte jemand in verzweifelter Eile mit dem Finger Buchstaben in die dünne Staubdecke gezeichnet: Ein E, ein schiefer Strich – möglicherweise ein I – und eine gebogene Linie, die man mit viel Phantasie für ein S halten konnte.

Eis? dachte Bess verwirrt.

Sie richtete sich auf. »Es könnte *Eis* heißen. Aber ...« Sie hob die Schultern. »Ich begreife nicht, wieso der Schläfer, der Parasit, uns eine Mitteilung hinterlassen sollte. Vielleicht ist es nur ein Zufall. Was wir für Buchstaben halten, könnte durch eine willkürliche Bewegung entstanden sein.«

Ka nickte. »Vielleicht. Aber wenn es eine Botschaft ist ...«

»Des Parasiten?«

»... könnte sie sich auf den Kälteschrein beziehen, auf die Schlafkammer im 3. UD.« Er verzog die Lippen zu einem humorlosen Lächeln. »Der Parasit will uns auf eine falsche Fährte locken. Das ist der logische Schluß.«

Bess schüttelte den Kopf. »Es muß ein Zufall sein. Es ergibt keinen Sinn. Ich ...«

Ihr Armband summte. Sie ging auf Empfang, und auf dem Bildschirm wurde Dr. Go sichtbar.

»Was gibt es?«

»Es handelt sich um Gahl Belfort. Ich ... Sie steht noch immer unter Schock, und ich bin mir nicht sicher, ob das, was sie gesagt hat, ernstgenommen werden kann ...« Der Bordarzt zögerte.

»Reden Sie schon!« verlangte Bess.

»Gahl sagte, daß der Schläfer eine Art ... Zusammenbruch erlitten hat. Bevor er sie berühren und mit dem Parasiten infizieren konnte. Gahl ist ziemlich durcheinander, aber sie beharrt darauf, daß der Schläfer um Hilfe gerufen hat. Der *Schläfer* – nicht der Parasit. Verstehen Sie? Gahl glaubt, daß es dem

Schläfer vorübergehend gelungen ist, die Herrschaft des Neuroparasiten abzuschütteln.«

»Was macht Gahl so sicher?« fragte Bess scharf. Sie dachte an die Schriftzeichen im Staub des Wartungstunnels.

»Zwei Worte«, erwiderte Dr. Go. »Der Schläfer soll mehrfach die Worte *Mein Gott* wiederholt haben.« Er rieb nachdenklich sein Kinn. »Sie benutzen doch auch diese Formel, Bess, wenn ich mich richtig erinnere. Eine altirdische Redewendung ... Aus einer Zeit, als man noch an Götter glaubte, statt an die Sterne ... Und warum sollte der Parasit die Gottheit der alten Erde anrufen?«

Bess sagte nichts. Sie dachte wieder an die Buchstaben im Staub. *Eis.* Und an Kas Vermutung, daß sich der Hinweis auf den Kälteschrein in der Schlafkammer beziehen konnte.

»Ich hielt es für wichtig, Sie sofort zu informieren«, erklärte Go. »Es tut mir leid, wenn ich Ihre Zeit ...«

»Sie haben richtig gehandelt«, unterbrach Flaming Bess. »Sie wissen gar nicht, wie sehr Sie mir geholfen haben!«

Dr. Go lächelte und schaltete ab.

Bess und Ka sahen sich an. »Gehen wir«, sagte Bess.

»McLasky?« fragte der Clansmann knapp.

»Wir erledigen das allein.«

Ein zufriedener Ausdruck glättete Kas verkniffenes Narbengesicht. »Katzenstein und Stengel sind in den Maschinendecks«, erinnerte er. »Was ist mit ihnen?«

»Ich sagte, wir erledigen das allein«, wiederholte Flaming Bess.

Und zum ersten Mal seit ihrer Begegnung im Tempel von Terminus sah sie die Augen des Clansmanns leuchten. Dann erlosch der Glanz, und sie waren wieder kühl und grau wie zuvor.

Es kannte keine Angst im menschlichen Sinn, aber Es war auf eine dunkle, grimmige Weise besorgt. Es spürte, daß etwas nicht stimmte.

Aber Es war in Sicherheit.

Trotz der schweren Verletzung des Wirtskörpers und der Rebellion der Trumbull-Persönlichkeit war Es den Jägern entkommen und hatte unbemerkt den Schlupfwinkel im untersten Deck des Schiffes erreicht, jene Kammer, in die Es sich schon einmal hatte zurückziehen müssen.

Einst, vor Jahrtausenden. Vor dem langen kalten Schlaf.

Doch jetzt würde Es nicht schlafen. Es würde die Wunden des Wirtskörpers heilen und der Saat in den anderen Wirten beim Wachsen helfen, bis die Saat voll ausgereift war.

Und dann ...

NEIN-NEIN-NEIN ...

Die Trumbull-Persönlichkeit rührte sich, doch Es war auf der Hut. Es schlug den Aufstand des menschlichen Bewußtseins nieder, indem Es die Schmerzimpulse der beiden schrecklichen Wunden in die tieferen, älteren Gehirnschichten leitete, wo die Reste des Wirtsbewußtseins vegetierten. Schmerz war eine wirksame Waffe.

Auf dem Weg zur Schlafkammer hatte Es mehrmals die Kontrolle über den Wirt verloren, und Es würde nicht zulassen, daß dies erneut geschah. Nicht jetzt, wo die Stunde der Entscheidung und des Sieges nahte und der erste Ableger kurz vor der Reife stand.

Und dann ...

NEIN-NEIN-NEIN ...

Neue und stärkere Schmerzwellen ließen die Wirtspersönlichkeit verstummen. Der hartnäckige Widerstand irri-

tierte Es, hatte Es das Trumbull-Ich längst besiegt geglaubt. Dann begriff Es, daß der Widerstand nicht mehr als ein letztes Aufbäumen war. Der Wirt schien zu wissen, daß mit Beginn der Reifezeit der Triumph des Parasiten besiegelt war.

Denn wenn …

NEIN! UM GOTTES WILLEN …

… die Saat aufgegangen war, in vier oder fünf anderen Wirten, im Goldberg-Wirt, im Jorna Kard-, Vanshunje- und Greldin-Wirt …

ES DARF NICHT GESCHEHEN! NIEMALS! NIEMALS …

… wenn es nicht nur ein Es gab, sondern fünf ausgewachsene Parasiten, die auf extrasensorischer Ebene miteinander in Verbindung standen …

MEIN GOTT! MEIN GOTT! MEIN …

… war das Ganze mehr als die Summe der Teile, dann würden sich ihre Kräfte potenzieren, und es würde ein neues Wesen entstehen: körperlich getrennt, aber geistig vereint. Und dann …

HILF MIR, GOTT, HILF …

… würde das neue Es allein mit der Kraft des Geistes aus gnadenlosen Jägern fügsame Wirte machen können, dann würde jeder Mensch an Bord glücklich sein, aus der Hand des Trumbull-Wirts die Saat zu empfangen, dann würde es bald keine Menschen und keine Wirte mehr geben, sondern nur noch ein einziges mächtiges Es in vielen Körpern.

Der Widerstand des Trumbull-Bewußtseins ließ nach.

Aber Es war nach wie vor besorgt. Mit den Augen des Wirtes sah Es sich in der Schlafkammer um, sah zum Schrein und war voller Haß. Damals, als Es schwächer und der Wirt stärker gewesen war, hatte sich der Wirt in die Kälte und den langen Schlaf geflüchtet ... und so die Saat in den Abertausenden Wirtskörpern zum Tode verurteilt.

Ah, damals ...! Wie zahlreich die Wirte gewesen waren! Und wie wehrlos! Hunderttausend im Kälteschlaf, und Es hatte sie geweckt und die Saat gepflanzt, und die Töchter waren gewachsen, und Es hatte sie mit stärkenden Impulsen stimuliert – und dann war Es vom Trumbull-Wirt überlistet worden, in den kalten Schlaf gesunken, der wie ein ewiges Sterben war.

Die Saat von damals war verloren, und die Zeit hatte alle Spuren beseitigt.

Nur Es war geblieben – und Es hatte beim Erwachen neue Wirte gefunden.

Es horchte in sich hinein. Die Trumbull-Persönlichkeit schwieg, und in der Stille war ein Wispern, ein vielstimmiges Raunen, die dunkle, stolze Litanei der aufgehenden Saat.

Es schrak auf. Es hörte andere Laute – nicht in der Innenwelt, sondern in der Außenwelt.

Schritte.

Die Jäger kamen, die Jäger!

Und die Trumbull-Persönlichkeit wuchs aus den Tiefen des Unbewußten hervor, und sie lachte und lachte und lachte, und da war ein Gedankenbild inmitten dieses wahnsinnigen Gelächters: ein Finger, der hastig Buchstaben in den Staub malte, ein Wort, ultimat wie der Tod, und das Wort hieß:

EIS-EIS-EIS-ICH-BIN-TRUMBULL-UND-ICH-WERDE-NICHT-ZULASSEN-DASS-EIN-GRAUSI-

GES-DING-WIE-DU-LEBT-UND-LEBEN-TÖTET-TÖTET-TÖTET …

Es schrie vor Zorn und Haß und Verzweiflung, als Es begriff, daß Es ein zweites Mal überlistet worden war. Der Wirt hatte Es an die Jäger verraten, und die Jäger kamen, um Es zu …

TÖTEN-TÖTEN-TÖTEN …

Flaming Bess und Ka hatten den Weg genommen, über den auch Samwell A. Goldberg in die versteckte Schlafkammer gelangt war – durch den Wartungsstollen, der die äußere Containerstraße des 3. UD untertunnelte. Am ersten Verteilerknoten waren sie in einen luvwärts führenden Seitentunnel gebogen, hatten den zentralen Klimaschacht passiert und schließlich jene Luke erreicht, die der einzige Zugang zum Kontrollraum und der angrenzenden eigentlichen Schlafkammer war.

Der Raum dahinter sah genauso aus, wie Bess ihn bei ihrem ersten Besuch in der Schlafkammer vorgefunden hatte – das nackte Stahlskelett eines Servosessels, blinde Monitoren, erloschene Displays, alles fingerdick vom Jahrtausendstaub bedeckt.

Im Kontrollraum zog Flaming Bess den Destruktor. Kühl und glatt lag der Knauf der alten irdischen Waffe in ihrer Hand. Ka löste die Neuropeitsche vom Gürtel und gab ihr mit einem knappen Nicken zu verstehen, daß er bereit war. Im trüben Notlicht erinnerte sein Narbengesicht an eine Halloween-Maske.

Bess huschte zur gegenüberliegenden Seite des Kontrollraums, wo eine Türöffnung wie ein finsterer Schlund gähnte. Sie spähte in den Korridor, ein langer Schlauch, in dem es nach Staub, Rost und Alter roch. Eine einsame Notleuchte tauchte die ersten Meter in trübrotes Licht, dann versank alles in Schatten. Am Ende des Korridors ein mattes Schimmern – das Schott, das den Weg in die Schlafkammer versperrte.

Sie lauschte.

Nichts.

Alles war still. Genau wie bei ihrem ersten Besuch, bei dem sie den Kälteschrein verlassen vorgefunden hatte. Vielleicht hatten sie sich geirrt, oder der Schläfer hatte sich im letzten Moment anders entschlossen und …

»Dort!« zischte Ka in ihr Ohr. »Siehst du?«

Sie sah es – an der Schattengrenze, auf dem Boden. Ein schmutzigweißer Stoffetzen.

Der Clansmann glitt an ihr vorbei und hob den Fetzen auf. Er nickte. »Stammt von einem leichten Raumanzug«, flüsterte er. »Blutflecken. An einer Seite angekohlt.«

Flaming Bess kniff die Augen zusammen und gab Ka ein Zeichen. Gemeinsam näherten sie sich dem Schott am Ende des Korridors. Der Clansmann machte sich kurz daran zu schaffen, schüttelte dann den Kopf.

»Von innen verriegelt«, raunte er.

Flaming Bess hatte damit gerechnet. Sie trat einige Schritte zurück und wartete, bis Ka an ihrer Seite war. Dann hob sie den Destruktor; die Waffe war auf niedrigste Feuerkraft eingestellt, aber selbst auf dieser Stufe war ihre Wirkung durchschlagend genug, um das Schott zu zerstören.

»Fertig?« fragte sie.

»Fertig«, sagte Ka.

Sie schoß. Ein dunkelroter Lichtblitz traf das Schott

und ließ es aufglühen. Es gab keine Explosion, nur das Glühen wurde heller und heller, bis das zentimeterdicke Stahltor dünn und durchsichtig wie Pergament war. Der ganze Vorgang dauerte nur den Bruchteil einer Sekunde.

Ka warf sich nach vorn und brach durch die noch immer heiße, hauchdünne Metallfolie, die von dem Schott übriggeblieben war. Die Folie zerriß mit einem singenden Laut, und das helle Licht der Schlafkammer fiel in den Korridor. Ka landete sicher auf den Beinen und ließ die Neuropeitsche kreisen. Blaue Funkenschnüre knisterten durch die Luft.

Bess stieß einen Fluch aus. Der verdammte Clansmann! Sie hatten vereinbart, nur mit äußerster Vorsicht in die Kammer einzudringen – und jetzt das.

Das Singen der Neuropeitsche brach ab.

Verdutzt drehte sich Ka zu ihr herum. »Hier ist ...«

Ein Schatten senkte sich von oben auf ihn herab. Der Kälteschläfer! Er mußte über dem Schott gelauert haben, auf dem Sims des Dichtungswulstes kauernd! Ka reagierte mit der Schnelligkeit eines Clansmanns, aber nicht schnell genug, um der Berührung durch die kalte, knochige Hand des Schläfers zu entgehen. Die Hand schabte über seinen Hals, legte sich um seine Kehle – und mit einem gellenden Kampfschrei schmetterte Ka den Angreifer zu Boden.

Der Schläfer knurrte und richtete sich halb auf, wurde von Kas Fausthieb erneut zu Boden geschickt, blieb benommen liegen.

Ka schüttelte betäubt den Kopf und sah Bess an, und in seinen Augen war Verzweiflung. Er warf ihr die Neuropeitsche zu.

»Schnell!« sagte er heiser. »Bevor es beginnt! Ein Schlag genügt, um mich für eine halbe Stunde außer Gefecht zu setzen. Schnell! Ich ...«

Etwas Fremdes verdrängte die Verzweiflung, das dunkle Feuer des Wahnsinns, und Bess löste die Neuropeitsche aus. Blaue Funken umtanzten Kas Schuppenrüstung. Sein Körper verkrampfte sich, und er fiel.

Der Schläfer bewegte sich.

Stieß Worte hervor, Satzfetzen.

»Mein Gott, was ...« Er hob den Kopf und entdeckte Flaming Bess. Er keuchte und riß in ungläubigem Staunen den Mund auf. »Aber ... Das ist unmöglich, völlig unmöglich, ganz und gar ... Die Kommandantin! Sie sind es wirklich! Sie sind erwacht und ...« Ein Stöhnen entrang sich seiner Kehle. Er tastete über seine verbrannte Schulter, die schreckliche Wunde in seiner Brust. Ein Blutfaden sickerte hervor. »Der Parasit ... Er hat mich gezwungen, die Erweckungsautomatik Ihres Schreins zu blockieren. Der Parasit ... Mein Gott, ich spüre ihn! Er regt sich!«

Der Schläfer hustete Blut und blutigen Schleim.

»Er hält mich am Leben«, flüsterte er. »Wegen der Brut, verstehen Sie? Wenn er stirbt, stirbt seine verfluchte Brut. Wie damals. Er hat die Kontrolle verloren, und ich habe die letzte Chance genutzt. Der Kälteschrein, der tiefgekühlte Schlaf. Wie der Tod ist dieser Schlaf.«

Er hustete wieder. Er kicherte. Dann tropften Tränen aus seinen grünlich-blau verfärbten Augen.

Er ist verrückt, dachte Bess. Aber wer wäre das in seiner Lage nicht?

»Haben Sie den Parasiten jetzt unter Kontrolle?« fragte sie hart, die Neuropeitsche in der Hand. »Antworten Sie! Rasch!«

»Ich kämpfe«, murmelte der Schläfer. »Wie damals ... Damals, ja. Mein Gott, ich habe das Monstrum an Bord geholt! Eine interstellare Staubwolke

– das Schiff hat sie nur tangiert – aber dann verklebte dieses Zeug die Kuppel der Orangerie. Angelina schickte mich nach draußen, das Zeug abkratzen, eine Probe 'reinholen. Wer hätte ahnen können, daß … Es war der Parasit. Irgendeine schreckliche, teuflische Lebensform, irgendein Ding, das andere Wesen zum Leben braucht … Wir waren vorsichtig mit dem Zeug, aber nicht vorsichtig genug … Es erwischte mich, und ich … ich verseuchte die anderen, Angelina, Gerold, Voss, die ganze Wartungscrew. Ich wollte es nicht! Das Ding zwang mich dazu!«

Flehend sah er Flaming Bess an. »Ich konnte mich nicht wehren. Ich mußte es tun. Und dann … Es war wahnsinnig, aber wir weckten die Schläfer. Wir hatten keine Wahl. Der Parasit in uns war stärker. Wir weckten zuerst hundert, dann tausend, und dann griffen die Computer ein. Das war das Schlimmste. Wir mußten die verdammten Computer zerstören, und das ganze Schiff drehte durch, überall Alarm! Alarm! Alarm!«

Der Schläfer hustete Blut und weinte grüne Tränen. Er hob die Arme in einer bittenden Geste, und Bess wich instinktiv zurück. Er durfte sie auf keinen Fall berühren.

»Deshalb mußte ich Ihren Schrein suchen, verstehen Sie?« sprudelte er hervor. »Weil der Parasit es wollte. Weil er in meinen Gedanken gesehen hatte, wer Sie sind – die Überlebensspezialistin, die schützende Hand der Erde, das Mittel, wenn alle anderen Mittel versagen … der Alarm dröhnte durch das Schiff, und immer mehr Schläfer erwachten, und einige verloren den Verstand, und die meisten bekamen den Parasiten, und der Rest schaffte es irgendwie, dem Parasiten zu entgehen und an Waffen zu kommen und ... und die Infizierten zu töten. Es war schrecklich«, keuchte der Schläfer. »Die Hölle, das war es, die Hölle ... Leichen in allen Gängen, Berge von Leichen. Der Erweckungsprozeß geriet außer Kontrolle, immer mehr Schläfer erwachten, alle hunderttausend ... Nur Sie nicht, Kommandantin, Sie nicht!«

Er kicherte schrill. »Weil es der Parasit so wollte, habe ich Sie gesucht. Ich habe Sie nicht gefunden, Ihr Schrein war gut versteckt, zu gut für mich, aber ich fand den Hauptsensor. Diesen Kasten, der mit den Bordcomputern und mit Ihrem Schrein verbunden war ... der die Erweckungsautomatik Ihres Schreins auslösen sollte, wenn das Schiff und die Besatzung in tödliche Gefahr ...«

Ein Hustenanfall schüttelte seine magere Gestalt. Die klaffende Brustwunde hatte wieder zu bluten begonnen.

»Er rührt sich wieder!« sagte er mit hoher, verängstigter Stimme. »Ich fühle, wie er in meinem Kopf wühlt ... Und die Brut, diese anderen Teufel in den Köpfen anderer Menschen – ich höre das böse Geschnatter der verfluchten Brut!« Sein Blick irrte ab, kehrte wieder zu Bess zurück, und plötzlich entspannte ein Lächeln sein verzerrtes Gesicht. »Sie sind schön!« flüsterte er. »Wenn ich gewußt hätte, wie schön Sie sind, hätte ich weiter nach Ihrem Schrein gesucht und Sie geweckt und Sie mit meiner Hand ... Aber ich fand nur den Hauptsensor, mehr nicht, und ich sorgte dafür, daß er Sie schlafen ließ, ganz gleich, was geschehen würde ... Ich bin Trumbull, Howard Trumbull. Merken Sie sich meinen Namen! Ich bin der Mann, der Sie schlafen ließ ... der ein ganzes Schiff in einen Friedhof verwandelte ... Oh, Gott, was habe ich nur getan? Aber es war nicht meine

Schuld, nicht meine Schuld, hören Sie? Der Parasit! Er hat alle verseucht, und wer ihm entkam, der wurde getötet, einfach umgebracht, und überall wurde geschossen und gemordet, und ich ...«

Trumbull grinste schlau.

»Ich hab ihn überlistet. Den Parasiten. Den ersten Parasiten, das Ding in meinem Kopf, von dem alle anderen abstammen ... Ich hab mir den Kopf gestoßen, und plötzlich war ich wieder ich, war ich Herr über meinen Körper. Ich sah all die Toten und die Wahnsinnigen und das Grauen, und ich wußte, daß all das meine Schuld war und daß es noch schlimmer werden würde, wenn die anderen Parasiten ausgewachsen waren, so wie meiner, diese Bestie, dieses Mutterding, das ich von der Kuppel gekratzt hatte, und das seinen Ablegern beim Wachsen half, einfach, indem es an sie dachte, mit meinem Gehirn dachte ...«

Wieder dieses schlaue, irre Grinsen.

»Wenn sie zu klein sind, sterben sie ab, wissen Sie. Ohne Mutterliebe, he, he, und ich hab ihnen die Mutter genommen. Es war knapp. Das Ding in meinem Kopf schrie Zeter und Mordio und hetzte mir ein paar Tochterbestien auf den Hals ... Angelina und Voss ... Freunde. Wirtskörper wie ich. Aber nicht so helle wie ich, nicht helle genug, um sich den Kopf zu stoßen und frei zu denken ... Angelina hab ich im Mitteldeck erledigt; sie sah nur noch aus wie Angelina, äußerlich, verstehen Sie, aber ihr Gehirn war zerfressen. Vom Bösen. Und Voss – er war clever, verfolgte mich bis hierher, aber draußen im Gang hab ich ihn erwischt ... Als das Ding in mir wieder stärker wurde, war ich mit dem Schrein fertig ... Hab ihn auf zwei Wochen Kältestasis eingestellt; dachte, das reicht, genug Zeit für die jungen Parasiten, um zu verrecken. Aber etwas ist schiefgegangen, irgend etwas ist schiefgegangen … Der Staub, der Rost … Ich habe Jahre geschlafen, nicht wahr? Viele Jahre, nicht wahr?«

»Jahrtausende«, sagte Flaming Bess. Er tat ihr leid. »Wie ich«, fügte sie hinzu.

Doch Trumbull schien sie nicht zu hören.

»Ich habe erst vor ein paar Stunden bemerkt, daß ich wach bin, oben im 3. OD, als mich der Kerl mit seinem Laser erwischte … Zuerst hat's wehgetan, aber jetzt spüre ich nichts.« Er lachte grimmig. »Dafür sorgt schon das Ding in mir, dieser Satan, dieser …«

Trumbull krümmte sich zusammen. »Oh, Gott, oh, Gott, ich kann ihn nicht mehr lange zurückhalten … Er ist so stark, zu stark für mich … Hören Sie! Sie müssen sofort etwas tun! Seine Ableger – ein paar von ihnen sind fast reif, und wenn sie ausgewachsen sind – dann passiert etwas. Sie vereinigen sich, verstehen Sie? Geistig. Diese verdammten Teufel werden zu einem verdammten Supergeist, und dann Gnade Ihnen Gott! Dann kann Ihnen niemand mehr helfen! Ich …«

Er schrie auf. Schreckliche Angst sprach aus diesem Schrei.

»Töten Sie mich! Jetzt! Sofort! Oder frieren Sie mich ein! Das Ding … Mein Gott, mein Gott, hilf …«

Ein Ruck durchlief Trumbulls Gestalt. Er straffte sich und sah zu ihr auf, und Flaming Bess erkannte, daß das Ding, das Böse, der Parasit aus dem Weltraum wieder die Kontrolle übernommen hatte.

Der Schläfer sprang. Mit ausgestreckten Armen, mit zu Klauen gekrümmten Fingern, voll Haß und Verzweiflung, nur von dem einen Gedanken beseelt, um jeden Preis zu überleben.

Flaming Bess warf sich zur Seite und schlug mit der Neuropeitsche nach dem Schläfer. Sie wollte ihn zum Kälteschrein treiben, aber er schien die lähmenden Schockimpulse der Peitsche kaum zu spüren. Schon setzte er erneut zum Sprung an, und im gleichen Moment legte sich Kas Hand wie eine Stahlklammer um ihren linken Knöchel.

Flaming Bess stolperte, bewahrte im letzten Moment ihr Gleichgewicht und sah nach unten, in Kas Narbengesicht, vom Wahnsinn entstellt, in Kas grünlich-blau verfärbte Augen.

Der Schläfer sprang.

Bess ließ die nutzlose Neuropeitsche fallen und riß gleichzeitig den Destruktor hoch. Der rote Energieblitz traf den Schläfer mitten im Sprung. Es war, als prallte er gegen eine massive Wand. Wabernde Glut hüllte ihn ein.

Ka stieß einen schrillen, unmenschlichen Schrei aus und verlor das Bewußtsein. Aber als von dem Schläfer – dem Ding in der Maske eines Menschen – nur noch Asche übrig war, schlug der Clansmann die Augen auf.

Und seine Augen waren nicht mehr grün, sondern grau und kalt wie körniges Eis.

Flaming Bess lächelte ihn an. »Es ist vorbei«, sagte sie leise. »Für immer. Mit dem Mutterparasiten sind auch seine Ableger gestorben. Wir haben gewonnen, Ka. Jetzt gibt es nichts mehr, was uns am Weiterflug zur Erde hindern kann. Hörst du, Ka? Bald werden wir die Erde sehen, die grünen Hügel der Erde ...!«

Der Clansmann sagte nichts.

Er wies ihre helfende Hand mit einer schroffen Gebärde zurück und stand schwerfällig auf, griff nach der Neuropeitsche und schob sie in den Waffengürtel seiner Schuppenrüstung.

Er ist wütend auf sich, dachte Bess. Weil er durch sein unüberlegtes Verhalten uns beide in Gefahr gebracht hat. Weil es ihm nicht gelungen ist, den Schläfer zu besiegen, wie er es vorgehabt hat. Er wollte mir imponieren.

Sie unterdrückte ein Lächeln.

Ka mag ein Clansmann sein, ein Allkämpfer, ein Krieger, der nichts und niemand fürchtet, nicht einmal den Tod, sagte sich Flaming Bess, aber auch ein Clansmann ist in erster Linie – ein Mann.

Plötzlich brach Ka sein Schweigen. »Ich habe versagt«, stellte er nüchtern fest. »Nach dem Ehrenkodex des Clans gibt es nur eine Möglichkeit, mein Versagen wiedergutzumachen: die Bürde eines anderen auf mich zu nehmen, dem Ehrlosen zur Ehre zu verhelfen. Ich werde tun, was getan werden muß.«

Flaming Bess seufzte. Aber sie verzichtete auf einen Kommentar. Sie kannte Ka inzwischen gut genug, um zu wissen, daß es zwecklos war, ihm etwas auszureden, was er sich in den Kopf gesetzt hatte.

Männer, dachte sie. *Männer!*

Bald darauf hatten sie den Vorfall vergessen.

Epilog

Der SD-Mann, der vor der Tür am Ende des Zellentrakts Wache hielt, war blutjung. Er war noch ein Kind gewesen, als ihn der Krieg nach Terminus verschlagen hatte, und in den Jahren des Exils hatte er oft davon geträumt, als Held und Befreier zu seiner Heimatwelt zurückzukehren, einem dünnbesiedelten Planeten im Kreuz des Ostens, im vierten Jahr des Krieges von den Herculeanern erobert.

In seinen Träumen trug er die Schuppenrüstung eines Clansmanns, und er lachte nie, weil er sich geschworen hatte, erst wieder zu lachen, wenn der letzte Herculeaner aus dem Sternenbund vertrieben war. In seinen Träumen war er tapfer und wortkarg wie Ka, ein technisches Genie wie Ken Katzenstein, ein Computerexperte wie Chip Chipansky und ein kosmischer Abenteurer wie Di Grey.

In seinen Träumen trug er stets den Sieg davon, und nach dem Sieg kam Flaming Bess zu ihm, in einem dünnen Gewand, das mehr von ihrer Figur zeigte als es verhüllte, und sie küßte ihn und liebte ihn und ...

Der SD-Mann seufzte.

Träume, mehr nicht. In der Wirklichkeit war er so ziemlich das kleinste Licht im Sicherheitsdienst, gerade gut genug, Wache zu schieben, wenn alle anderen schliefen.

Er gähnte.

Dann hörte er Schritte.

Automatisch nahm er Haltung ein. Vielleicht ein Offizier, der sich davon überzeugen wollte, daß er seine Pflicht mit dem gebotenen Eifer erfüllte; dieser Darb, zum Beispiel, aus dem 3. OD, ein scharfer Hund, der schon verrückt spielte, wenn auch nur ein Fleck auf der Uniform zu sehen war. Oder der Fettsack persönlich, Muller McLasky, der ihn bei jeder sich bietenden Gelegenheit vor Spionen, Verschwörern, Verrätern und sonstigem Gesindel warnte. Oder ...

Der SD-Mann keuchte, als er die hagere Gestalt erkannte, die sich ihm durch den Korridor näherte.

Bei allen Sternen, Ka! Der Clansmann! Der letzte der Allkämpfer von Clansholm! Aber was hatte ein Clansmann wie Ka um diese Zeit hier im SD-Trakt zu suchen?

Der Clansmann steuerte geradewegs auf ihn zu.

»Sie ... Sie wünschen?« fragte der SD-Mann und verfluchte sich gleichzeitig für diese lächerliche Formulierung.

Ka lächelte nicht. Sein Narbengesicht war eine grimmige Maske. Er deutete auf die Tür. »Öffnen.«

»Aber ... Ich meine, ich kann nicht ... Das heißt ...« Der junge SD-Mann kam ins Schwitzen. Verdammt, niemand hatte ihm gesagt, wie er sich in einem derartigen Fall zu verhalten hatte! Was sollte er nur tun?

»Öffnen«, wiederholte Ka.

»Vielleicht sollten Sie sich mit einem Offizier ...?« Er verstummte unter Kas kaltem Blick. Verflucht, dachte er, warum muß das ausgerechnet mir passieren? Aber ... Ka gehört zur Crew und ist der Paladin der Kommandantin ... Also hat sein Befehl mindestens soviel Gewicht wie der Befehl eines Offiziers ...

»In Ordnung«, stieß er hastig hervor. »Aber wahrscheinlich schläft der Gefangene, und ...«

Kas Blick wurde noch um einige Grad kälter, und mit einem halb unterdrückten Seufzer drehte sich der SD-Mann um, preßte den Daumen auf das Sensorschloß und trat zur Seite. Die Tür öffnete sich, und das Licht flammte automatisch auf.

»Es wird nicht lange dauern«, sagte Ka im Vorbeigehen. »In fünf Minuten können Sie mich wieder herauslassen.«

»Natürlich«, nickte der SD-Mann resignierend.

Dann stand er wieder vor der verschlossenen Tür. Sie war zu dick, als das er hören konnte, was in der Zelle gesprochen wurde.

Der Raum war luxuriös eingerichtet: Es gab einen gut bestückten Bartisch, mehrere Sitzelemente, ein komfortables Bett, eine Multimediakonsole und einen farbenprächtigen, leise summenden Audiokristall. Neben der Liege führte eine mattierte Glastür in den angrenzenden Duschraum.

Der Raum war ursprünglich Muller McLaskys Kabine gewesen, aber seit Clusters Meuterei diente er als Zelle – zunächst für Flaming Bess und jetzt für Cluster selbst.

Der Admiral lag im Bett und blinzelte schlaftrunken ins Licht. Sein graues Haar war schneeweiß geworden, und sein faltiges Gesicht war eingefallen und von fahler Blässe.

»Ka!« krächzte er verwirrt. »Was wollen Sie, Clansmann?«

»Ich bringe Ihnen ein Geschenk, Admiral«, sagte Ka.

»Ein Geschenk?«

»Das Geschenk der Ehre.«

Der Admiral fuhr hoch. Plötzlich war er hellwach. Nur seine Augen blieben stumpf.

»Ich verstehe«, murmelte er. »Ich kenne den Kodex.«

»Sind Sie bereit, das Geschenk anzunehmen, Admiral?« fragte Ka mit leidenschaftsloser Stimme.

Cluster zögerte. »Was wäre die Alternative?«

»Die Schande der Gnade.«

Der alte Admiral nickte bedächtig. »Ja, ich dachte es mir. Kein Prozeß, nicht wahr? Keine Anklage, kein

Urteil, keine Strafe. Sie ist nicht rachsüchtig, Ihre Kommandantin. Sie ist ein guter Mensch.« Er lächelte schmerzlich. »Es sind immer die guten Menschen, vor denen ich mich gehütet habe.«

Er schwieg einen Moment.

»Warum bringen Sie mir das Geschenk, Clansmann? Warum?«

»Weil es der Kodex verlangt«, antwortete Ka bereitwillig. »Als Sühne für persönliches Versagen.«

»Ah!« machte der Admiral. »Ich entsinne mich ... Dem Ehrlosen zur Ehre verhelfen ... Bin ich ehrlos? Weil ich getan habe, was ich für meine Pflicht hielt?«

»Weil Sie versucht haben, eine wehrlose Person zu ermorden. Glory Moon. Weil Sie zu feige waren, Ihre Niederlage zu akzeptieren.«

Cluster senkte den Kopf. »Feige«, sagte er. »Ja, das war es wohl ... Und jetzt ...« Er breitete in einer hilflosen Geste die Arme aus. »Was jetzt?«

»Sie haben die Wahl. Zwischen dem Geschenk der Ehre und der Schande der Gnade, zwischen dem Tod und dem Leben.« Ka wartete.

Die Stille dehnte sich. Dann: »Ich wähle die Ehre«, sagte Cluster bestimmt. »Ich bin Soldat. Sie wissen, was das heißt, nicht wahr? Sie sind ein Clansmann. Sie wissen es.«

»Ich weiß es.« Ka strich über seine Schuppenrüstung, und sie klaffte an der Brust auf. Er zog einen handlichen Strahler hervor und legte ihn auf den Tisch. Dann schloß er die Rüstung und neigte den Kopf, erwies dem Admiral jenen Respekt, den jeder Mann verdiente, der wie ein Clansmann handelte.

Ohne ein weiteres Wort drehte sich Ka um und hämmerte mit der Faust gegen die Tür.

Sie öffnete sich sofort. Ka trat auf den Korridor und

wartete, bis sich die Zellentür wieder geschlossen hatte.

Der junge SD-Mann schluckte nervös. »Darf ... darf ich Sie etwas fragen?«

Ka nickte.

»Was ... Ich meine ...« Er schien seine Kühnheit bereits zu bedauern, stieß dann aber doch hervor: »Was haben Sie dort gemacht? Was wollten Sie von dem Admi ... dem Gefangenen?« Er schluckte wieder. »Ich brauche die Angaben für das Dienstprotokoll ...«

»Natürlich«, sagte Ka. »Ich habe einem Ehrlosen zur Ehre verholfen. Ich habe dem Admiral das Geschenk der Ehre gebracht.«

Der SD-Mann blinzelte. »Ich verstehe nicht ganz, was ...«

Ka legte ihm eine Hand auf die Schulter. »Es spielt keine Rolle. Auch die Kommandantin wird es nicht verstehen. Weil sie es nicht verstehen kann. Man kann es nicht erklären. Es gibt keine Worte dafür. Es gibt nur die Tat.«

»Und auf Clansholm?« flüsterte der Junge scheu. »Hätte man es auf Clansholm verstanden?«

Ka schien zu lauschen, und dann nickte er, und er sagte: »Sie verstehen es. Sie heißen ihn willkommen. Er wird bei ihnen sitzen, in der Großen Halle des Clans, und er wird ein Mann der Ehre sein, bis auch der letzte aller Tage endet und selbst die Ehre nicht mehr zählt ...«

Dann ging er davon, aufrecht und stolz, ein Clansmann, der getan hatte, was getan werden mußte.

ENDE

SCIENCE
FICTION

Band 23 059
Thomas Ziegler
Flaming Bess –
Das Erbe der Erde
Originalausgabe

Die neue deutsche Science Fiction-Reihe nach einer Idee von Thomas Ziegler und Wolfgang Neumann.
Flaming Bess ist eine Frau aus unserer Zeit, die es in die ferne Zukunft der Menschheit verschlägt. Als sie auf einem fremden Planeten erwacht, muß sie den Schutz der letzten Menschen gegen die unheimlichen Klonkrieger der Herculeaner übernehmen.
Ein großes Weltraumabenteuer beginnt, bei dem statt der Technik die Menschen im Mittelpunkt stehen.

BASTEI
LÜBBE

Sie erhalten diesen Band im Buchhandel, bei Ihrem Zeitschriftenhändler sowie im Bahnhofsbuchhandel.

SCIENCE FICTION

Band 23 061

Thomas Ziegler

Flaming Bess – Flucht von der Schattenwelt

Originalausgabe

Flaming Bess – die neue deutsche SF-Reihe nach einer Idee von Thomas Ziegler und Wolfgang Neumann.
Als Führerin der letzten freien Menschen muß Flaming Bess ihr ganzes Können einsetzen, um ihre Gefährten von der schrecklichen Gefängniswelt der Herculeaner zu befreien.
Thomas Ziegler gilt als einer der talentiertesten jungen deutschen SF-Autoren. Für seine Erzählungen wurde er mehrfach mit dem Kurd Laßwitz-Preis für die beste deutsche SF ausgezeichnet.

BASTEI LÜBBE

Sie erhalten diesen Band im Buchhandel, bei Ihrem Zeitschriftenhändler sowie im Bahnhofsbuchhandel.

FANTASY

Eine außergewöhnliche Reihe für die Freunde heroischer Epen. Fantasy-Romane entführen Sie in mythische Welten. Niveauvolle, pralle Erzählungen aus dem Reich phantastischer Sagengestalten.

Band 20 062

Thomas Ziegler

Sardor

Originalausgabe

Auf einer fernen Welt tritt das Barbarenheer zur letzten Schlacht gegen die Truppen des dunklen Imperiums an. Ein Unwetter tobt über dem Schlachtfeld, und zwischen den Wolken bricht plötzlich ein roter Feuervogel hervor, der dem Imperium Tod und Verderben bringt. Als die Barbaren das seltsame Flugungetüm umringen, ahnen sie nicht, daß sie einen Kampfflieger aus dem 1. Weltkrieg vor sich haben. Sie wissen nur, daß der Gott Sardor zu ihrer Rettung zurückgekehrt ist.